KB117490

여행이라는 일

✦

여행이라는 일

지은이 안시내
펴낸이 임상진
펴낸곳 (주)넥서스

초판 1쇄 인쇄 2023년 8월 5일
초판 1쇄 발행 2023년 8월 10일

출판신고 1992년 4월 3일 제311-2002-2호
10880 경기도 파주시 지목로 5 (신촌동)
Tel (02)330-5500 Fax (02)330-5555

ISBN 979-11-6683-624-4 03810

가격은 뒤표지에 있습니다.
잘못 만들어진 책은 구입처에서 바꾸어 드립니다.

www.nexusbook.com

여행이라는
일

여행으로
즐기고
일하는
덕업일치의 삶

✦
──────

안
시
내

Qrious

Prologue

✦

히말라야에 오르기 전날, 예기치 못한 폭설이 포카라에 닿았다. 많은 여행자가 망설임 없이 히말라야를 포기했다. 뉴스에서는 안나푸르나에서 한국인이 실종됐다는 소식이 들려왔다. 함께 산을 오르기로 한 친구 역시 산행을 포기했다. 그러나 나는 생각이 달랐다. 눈과 바람이 무섭지 않았기 때문이다.

혼자라도 올라가겠다는 내게 그녀는 물었다. 만약에, 정말 만약에, 산에 올라갔다가 죽게 되면 어떡할 거냐고. 이렇게 눈이 많이 오는데 걱정되지 않느냐는 거였다. 나는 망설임 없이 대답했다.

"괜찮아. 후회 없거든!"

친구는 내게 스물일곱의 삶에 미련을 두지 않는 게 밉다고 했지만, 그 순간의 나는 미련이 없다기보다는 후회 없는 20대를 보냈기 때문에 그런 맘을 먹은 거였다.

스물, 어린 날 떠난 세계여행은 진짜 나를 만나는 기회를 주었다. 남에게 보여주는 삶을 살던 나는 여행을 통해 내 진짜 속마음에 귀를 기울이고, 새로운 삶을 꿈꾸게 되었다.

혼자 하는 여행이란 그랬다. 발가벗은 나를, 그렇게 숨기려 했던 나를 치열하게 사랑해가는 과정이었으며, 모난 네모가 점점 세상에 부딪히며 둥글게 깎여가는 과정이었다. 여행에서 만난 진짜 인생은 지나치게 씁쓸했지만 나는 어느새 그 씁쓸함을 혀끝에서 있는 그대로 느끼고 있었다. 나만의 페르소나는 사라져가고 내 진짜 얼굴로 세상을 마주하기 시작했다.

《악당은 아니지만 지구정복》 중에서

세계여행에서 돌아온 나는, 여행작가라는 꿈 하나에 내 전부를 걸고 매달렸다. 누군가는 무모하다고 손가락질하고 누군가는 용감하다며 힘을 북돋아주었다. 어리다는 이유로, 만만하다는 이유로, 아무렇지 않게 나의 꿈을 무시하기도 했지만, 나는 오뚝이처럼 일어나 그저 나의 길을 걸었다. 그리고 마침내 내가 꿈꾸던 삶을 살아내고 있다.

#소녀여행가 #작은거인 #떠오르는여행작가 #여대생여행작가

포털이나 SNS에 내 이름을 검색하면 따라오던 수식어들. 스무 살부터 서른까지 10년간 여행이 바탕이 되어 글을 쓰고, 책을 출간하고, 강사가 되고, 크리에이터 시장을 개척하기까지 그야말로 처절하고 찌질한 여행N잡러(여행 콘텐츠를 바탕으로 기획 · 취재 · 제작 · 집필 · 강의하는 등 여행에서 파생된 다양한 일로 먹고사는 여행직장인)로 고군분투한 이야기가 이 책에 담겼다.

여행을 꿈꾸고 혹은 자유로운 삶을 갈망하고 또는 용기가 필요한, 세상 모든 여행자에게 이 책을 건넨다.

CONTENTS

✦
1
좋아하는 일로 먹고살기로 했다

2
좋아하는 일을 넓혀가기로 했다

1

좋아하는 일로 ————

먹고 살기로 했다

좋아하는 일을 하며 살아간다는 건 참 고마운 일이다. 그건 내가 좋아하는 일이 무엇인지 분명히 안다는 것이고, 좋아하는 일로 돈을 벌어 생계를 유지할 수 있고, 하루의 많은 시간을 그 일을 하며 보낸다는 걸 의미하기 때문이다. 일(여행)이 한순간도 지겹지 않았다고 할 수는 없지만, 그 지겨움은 오래 지속되지 않는다. 마치 기분 좋은 여행 끝에 잘 놀아서 느끼는 고단함이나 피로처럼 때때로 깊지 않게 찾아들 뿐이다. 그럴 때면 눈을 감고 말한다. "나는 프로다. 그리고 이곳은 내 일터다." 내가 좋아하는 일을 업으로 삼고 살아가는 이유는 일이란 게 쉽지 않기 때문이다. 돈을 벌고, 경력을 쌓고, 경험을 만드는 게 어찌 쉬울까. 그렇지만 좋아하는 일이라면 좋아하는 마음으로 지속할 수 있다. 좋아하는 마음가짐, 그 마음이 나의 '일'을 지켜낼 것이다.

여행이라는
일

✦

✦ 오래된 친구들과 함께하기 위해
가장 좋아하는 곳으로 향한다

내겐 아주 오래된 친구들이 있다. 여행과 글쓰기. 기억을 되짚어 보면 나는 7살 때부터 무언가를 '쓰기' 시작했다. 오늘의 일과를 그대로 옮긴 일기가 아닌 상상으로 무언가를 만들어 쓴 것이다. 초등학교에 입학한 후로는 바쁜 엄마를 뒤로하고 늘 동네를 '탐험' 했다. 도서관까지는 1시간, 동네 서점까지는 30분. 아침 일찍 출발해서 해 지기 전에 집으로 돌아오는 하루의 소소한 일정이 어린 나에게 가장 익숙한 여행이었다.

나와 여행 그리고 글쓰기. 우리는 함께 자라왔고, 흘러가는 시간과 더불어 모양새는 바뀌었을지언정 서로 손을 놓은 적은 없다. 여행과 글쓰기가 나를 만들었다고 해도 과언이 아닐 만큼 내 삶에서 차지하는 비중이 컸다. 중학생 때는 학교에서 진행하는 시화전마다 참가했고, 고등학생 때는 2만 원이 모이면 라텍스나 커피 따위를 파는(여행비보다 훨씬 비싼 물건을 파는 쇼핑센터에 들리는) 당일 여행 관광버스를 애용했다. 관광버스 안의 할머니들과 이야기하며 숲을 보러다닌 게 어린 날의 여행 기억으로 남아있다.

그런 내게 두 친구 중 더 친한 친구를 고르라고 하면, 고민 끝에 여행이라고 할 것이다. 더 좋아하는 친구를 고르라고 하면, 고민 없이 글쓰기라고 할 것이다. 여행이 업이고, 일상이 여행이지만(그래서 가끔 여행이 직장동료 같다고 느끼곤 한다), 글쓰기는 내게 마음속의 얽힌 실타래를 풀어주는 행위다. 고요한 독서나 친구와의 술 한잔 혹은 차분한 명상보다도 더 마음을 풀어내는 게 글쓰기이다. 글쓰기는 마음의 근육을 키워주는 운동이며, 내 마음을 비우는 용도로도 쓰인다. 한편 여행은 글쓰기의 영감이며, 나의 창작욕을 불태워 주는 발화제다. 이처럼 글쓰기와 여행 그리고 나. 우리 셋은 절친임에 틀림없다. 언제나 연결되어 있으니까.

그러나 모든 여행에서 글을 쓸 수 있는 건 아니다. 아무리 멋진 여행지에서도 글이 나오지 않을 때가 있다.

유난히 글이 잘 풀리는 여행에는 다음과 같은 필수 조건
이 따른다. 먼저, 시간적인 여유가 많은 여행이어야 한
다. 그래서 나는 한 도시마다 일정을 아주 길게 잡는 편
이다. 여행이 느긋해야, 나에게 여유가 생기고, 그 여유
가 나의 글에 옮겨와서 술술 써지도록 한다. 다음으로,
여행자를 환대하는 여행지여야 한다. 나는 과거에도 그
리고 지금도 여전히 여행 중에 만나는 사람들에게서 영
감을 얻는다. 사색은 집에서 혼자만으로도 충분하지만,
사람을 통해 글의 영감을 얻는 것은 여행에서야 가능한
일이다. 마지막으로 숙박비가 저렴한 여행이어야 한다.
호텔에서 머물면 글을 못 쓰는 병에 걸렸기 때문이다.
싸구려 게스트하우스나 카우치 서핑이나 에어비앤비로
구한 작은 방에서 금전적으로 쫓기지 않고 생활해야 세
상이 보인다.

결국 세 유형의 여행에서 모두 필요한 조건은 쫓김
없는 여유이다. 기간, 사람, 경비에 여유가 있는 여행이
내가 추구하는 여행이다. 그런 생각은 삶에도 이어진다.
여행과 삶에 여유가 있어야 글에도 여유로움이 머문다.
그런 의미에서, 내가 써야 할 원고 더미를 안고 떠나는
여행지는 고정되어 있다. 바로 태국이다. 일이 없을 때

면 한 달이고 두 달이고 태국에 머문다.

느린 삶을 즐기는 태국인들의 성향과 여행자를 환하게 맞는 미소, 즐비한 저가 게스트하우스 그리고 저렴하고 맛있는 음식까지. 조용하고 아름다운 바다가 있는 작은 섬 꼬따오(Kho Tao)와 게으른 여행자가 많이 사는 태국의 빠이(Pai)는 내게 변하지 않을 최고의 여행지이다. 여행자 초기에는 좋아하는 나라로 늘 인도를 꼽았지만, 가끔 생기는 시끌벅적한 상황이 마음을 헤집어 놓기에, 이제 나는 글쓰기 좋은 여행지와 가장 좋아하는 여행지로 모두 태국을 꼽는다.

여행작가로 살아가며 수많은 여행을 하면서, 확고한 취향이 생겼다. 이제 새로운 세상을 탐험하는 것보다는 익숙한 곳에서 일상을 그리는 게 훨씬 새롭다. 낯선 여행지에 대한 감탄보다는 내가 잘 아는 곳, 그래서 가장 마음이 편하고 만족스러운 곳에서 일상을 치르는 게 즐겁다. 태국행 항공권을 발권하고 나면, 이미 아는 곳임에도, 여러 번 가본 곳인데도 그 익숙한 새로움에 가슴이 두근거린다.

그곳에 나의 일상이 있기 때문이다. 느지막이 일어나 씻지 않은 채로 나와서 아침 식사를 하고, 한참이나 여

행자 거리에서 익숙한 빠이 사람들과 인사를 나누고, 숙
소로 돌아가 작업용 짐 가방을 챙긴 후 나선다. 빠이 여
기저기에 있는 찻집에 앉아 푸른 하늘과 초록 숲을 보며
글을 쓰고, 저녁에는 새로 만난 여행자들과 맥주를 마
시며 여행지의 운치를 즐긴다. 이렇게 지내도, 한국에서
머무는 것보다 비용이 저렴하기에 마음도 편하다. 숙소
비와 밥값, 저녁의 맥주값까지 포함해도 5만 원이 채 들
지 않는다. 그 넉넉함에 차분한 익숙함이 더해져 나는
비로소 마음을 정비하며 글과 삶을 이어간다. 이게 나의
가장 친한 친구들(여행과 글쓰기)과 삶을 살아가는 가장
아름다운 방법이다.

　여행과 글쓰기라는 소중한 마음의 벗들과 함께하기
위해 나는 언제나 내 절친한 고향, 매 순간이 여름인 태
국을 기다릴 것이다. 우리는 그곳에서 아주 오래도록 진
한 우정을 나눌 수 있을 테다. 서로가 서로에게 자유로
운 소속감으로 깊이 연결된 것을 느끼며.

✦ 시도 없이는
기적도 없다

첫 세계여행의 마지막 여행지이던 태국의 방콕에서 나는 한인 게스트하우스에 들렀다. 여느 한인 게스트하우스처럼 그곳에서도 저녁이면 투숙객들이 로비에 삼삼오오 모여 맥주를 마시기 시작한다. 나도 여행의 마지막 사치로 그 술자리에 함께했다. 그 자리에선 내가 가장 어렸다. 대부분의 언니 오빠는 30대 초반으로 짧은 휴가를 온 이들이었다. 그들은 가난한 여행자의 제한된 예산으로 맥주 한 캔을 몇 시간에 걸쳐 나눠 마시는 내 모습에 호기심을 보였다.

언니 오빠들은 내게 어떤 이유로 여행을 시작했는지, 여행을 마치면 앞으로는 무엇을 할 건지 따위를 물었다. 나는 성실히 대답했다. 어린 시절의 꿈을 이루기 위해 여행을 시작했으며, 원래는 빨리 복학하고, 취업하는 게 목표였지만, 여행을 통해 새로운 꿈을 꾸게 되었다고. 이어 여행에 관한 책을 쓰고 싶고, 하고 싶은 걸 하며 자유롭게 살 거라는 목표를 차분히 그러나 설렘을 담아 전했다.

그들은 한참 동안 웃다가 자기 삶에서 길어낸 것들을 내게 전했다. 삶은 녹록하지 않다는 것, 자기들도 다 하고 싶은 게 있었다는 것, 너도 빨리 현실을 자각해야 한다는 것들이었다. 그들의 조언이 내 생각과 다르다고 모두 튕겨낼 수는 없었기에 나는 고개를 끄덕였지만, 어떤 언니의 말에는 얼굴이 벌게질 정도로 달아올랐다.

"너는 전공이 뭐라고 했지? 나는 문창과를 나왔어. 그런데 어디서 일하는지 알아? IT회사. 우리 과 애들 대부분 그래."

그의 말에 잔뜩 의기소침해졌지만, 순간 생각을 틀었다. 하는 말을 계속 듣다 보니, 그가 삶에서 온몸을 걸고 도전해본 경험이 없는 사람이라는 걸 금세 알 수 있었기 때문이다. 도전한 경험이 없는 사람은 얕은 삶에 비춰서 다른 사람의 꿈과 도전을 재단한다. 도전해본 사람은 도리어 말을 아낀다. '왜 해보지도 않은 사람이 저런 말을 내게 하지?'라는 생각에 정신이 번쩍 들며, 다시 웃음을 찾을 수 있었다.

"그래도요! 저는 도전할 거예요. 제가 쓴 글을 사람들이 얼마나 좋아하는데요."

당시 내 글을 구독하는 사람의 수는 많지 않았지만, 글을 읽은 이들은 언제나 다음 글을 간절히 기다려주었고, 긍정적인 반응을 해주었기 때문이다. 그런 응원을 받으며 글을 쓰던 나에게 나의 꿈을 비현실적이라고, 이루기 어려울 것이라며 부정적인 가능성을 내세운 말이 불현듯 다가온 것이다.

어떤 사람은 타인의 가능성을 쉽게 판단한다. 본인에게 그 가능성을 판단할 어떤 전문성이나 확신이 있지도 않으면서. 오로지 제한적인 경험에 의존한 채 자기가 걸어보지 못한 길을, 열심히 용감하게 걸어가는 사람의 노력을 쉽게 대해버리는 실수를 저지르곤 한다.

그러나 나는 안다. 자기 가능성을 믿고 꿈꾸던 바를 이루어낸 사람들이 있다는 것을 잘 알고 있다. 내가 좋아하는 이원하 시인은 청담동에서 헤어디자이너로 일하다가 시를 쓰기 위해 제주의 골방으로 숨어 들어갔다. 한겨레문학상부터 이상문학상까지 내로라하는 문학상을 휩쓸고 많은 독자의 사랑을 받는 최진영 작가는 소설을 쓰기 시작했을 때 주변에 공무원 시험을 준비한다고 둘러댔다고 한다.

어떤 직업이나 어느 일이나 마찬가지지만, 특히 작가라는 직업과 글 쓰는 일에 어떤 확신이 있었을까. 주변에서 거들지 않아도 글을 쓰는 사람 본인이 가장 불안하고 막막했을 텐데. 불확실한 일에 대한 조언을 빙자한 핀잔이 응원보다 앞섰을 것이다. 그러나 그들이 주변에서 하는 말을 듣고 꿈을 접었다면, 노력하기를 포기했다면, 그 찬란한 글들은 세상에 나오지 못했을 것이다.

수없이 들어왔다. 책을 쓰고 싶다고 했을 때는 다들 코웃음을 쳤고, 책을 준비할 때도 섣불리 망할 거라고 걱정했다(내게는 망하거나 망하지 않는 것만이 중요한 게 아니었는데도). 출간된 책이 베스트셀러가 되었을 때도 잠시 일어난 기적이라고들 했다. 지인 중에도 다른 일을 찾는 게 나을 거라고 단언하던 사람들이 있었다. 가장 가까운 이들마저도 그랬다. 그들의 말이 맞을 수도 있다. 그들의 말마따나 나는 책을 내지 못했을 수도, 여행작가가 되지 못했을 수도 있다고 생각한다.

다시 생각해도 사람들의 말처럼 기적 같은 일이니까. 내가 쓴 글이 독자에게 사랑받고, 베스트셀러 여행작가가 된 건 행운이라고 생각한다. 행운이고 기적이다. 하지만 그 행운 뒤로는 실패를 무릅쓰고 시도하던 내가 있다. 결코 쉽지 않았다. 어려움과 불안함을 견뎌내야 했다. 시도하지 않았다면 시작조차 안 되었을 거다.

그리고 혹여나 책이 나오지 않았더라도, 여행작가가 되지 못했더라도 내게는 도전했다는 사실이 남는다. 나에게는 내가 도전했다는 게, 도전에 성공했다는 것보다 더 중요하다. 용기 없는 변화는 없으니까. 무엇이든 시도해 보는 거야말로, 내 꿈의 지름길이었다는 사실을 다른 길을 걸어본 나는 알고 있다.

✦ 페이스북은
나만의 책이었다

　　스무 살 여름의 어느 날, 다니던 대학의 성적표를 받고 숨이 턱 막혔다. 온몸이 옥죄이는 기분이 들었다. 성적이 생각보다 높았다. 그간 가난의 지표라는 생각에 받기 부끄럽던 국가장학금이 아니라 떳떳한 노력에 대한 보상인 성적장학금을 난생처음으로 받게 되었다.

　　어쩐지 조금도 기쁘지 않던 나는 문득 뒤를 돌아봤다. 목적지 없는 곳을 향해 열심히 달리고 있던 내가 보였다. 삶이 벅찼다. 아픈 엄마의 간병, 도서관에서의 밤샘, PC방에서 타인의 타액이 잔뜩 묻은 지저분한 꽁초를 치우는 것 같은 비참한 일이 가득했다. 원하는 대학만 가면 행복한 미래가 절로 만들어진다는 어른들의 말은 순 거짓이었다.

　그 여름의 나는 남은 내 삶이 너무 두려웠다. 미래가 너무도 뻔히 그려졌다. 빠른 졸업과 취직, 결혼해서 아이를 낳고 행복한 가정을 꾸리는, 남들이 말하는 평범한 삶이란 내게는 아등바등 살아야만 겨우 뒤따라오는 것으로 보였다. 한순간만이라도 현실로부터 도망치고 싶었다. 곧장 휴학계를 신청했다. 앞으로 남은 삶을 별다른 욕심 없이 열심히 살아갈 테니 긴 인생의 1년만큼은 이기적으로 살겠다고, 알고 있는 모든 신에게 용서를 구했다.

　어린 시절부터 세계여행이라는 꿈을 품어왔다. 열여섯이었을 것이다. 초라한 인생. 지겨운 월세방살이. 선생님에게 불려 나가는 모습을 반 아이들이 알아챌까 전전긍긍하던 순간. 가난한 홀어머니와 눈치 빠른 딸로 소위 '흙수저'의 삶을 살던 내게는 단 하나의 마음만 있었다. 엄마랑 사회가 시킨 대로 공부도 잘하고, 성실하게 살아갈 테니, 가장 아름다운 나이. 딱 1년만 내 멋대로 살겠다고.

　그 시절, 내 가슴을 뛰게 하던 유일한 창구는 여행이었다. 도서관에서 읽은 많은 여행기 속에서 때로 나는 여행가가 되어 자유롭게 세상을 여행했다. 한편으로 책 책을 쓴 가난한 여행자의 해사한 미소에 의심이 들기도 했다. '나보다 가난한데, 그럼 나보다 불행해야 하는데 왜 웃고 있지?' 하는 치졸한 마음과 대조되는 마음이 뒤엉켜 여행에 대한 마음은 점점 커져갔다.

1년만큼은 모든 걸 뒤로 한 채, 온전히 하고 싶은 걸 하며 누구보다 반짝이는 삶을 살겠다고. 그 기억으로 나는 평생 살아갈 수 있지 않겠냐고 생각했다. 반짝이며 보낸 시간이 그 뒤에 남은 나의 긴 생을 버틸 자양분이 될 것이라고 장담했다. 반년의 쓰리잡과 또 다른 반년의 세계여행. 그토록 원하던 1년이었다.

세계여행을 위해 돈을 벌면서 힘들지 않은 것은 아니었다. 오전 8시에는 은행으로 출근했다. 은행 VIP센터에서 계약직으로 일하며 손님들에게 유자차 혹은 커피를 타 주거나, 복사와 우체국 업무 등을 맡았다. 가끔 진상 손님이 있어도, 곧 떠날 여행을 위해 항상 미소를 유지했다. 손님이 뜸할 때는 은행 전자 도서관 사이트에서 여행기를 읽었다. 하루에 한 권 이상의 책을 읽는 날이 많았다. 은행에서 만난 언니들은 점심시간마다 피곤함에 못 이겨 밥을 먹다 조는 내 모습을 보고, 왜 그렇게 악착같이 사느냐고 물었다. 나는 쌓이는 돈을 보면 행복하다며 미소로 회답했다.

　오후 5시에 은행에서 퇴근하면, 곧장 집 앞 카페로 출근했다. 은행에서 카페까지는 거리가 있어서 매번 뛰어야만 제시간에 도착했다. 작은 카페에서 자정까지 일하며 처음으로 나를 위해 돈을 모은다는 게 즐거워, 최선을 다하는 모습에 카페에서 만난 동네 어르신들은 팁을 쥐어주기도 했다. 주말엔 하루 10시간씩 베이비시터를 했다. 20살 때부터 해온 고된 아르바이트였지만, 최저임금보다 약 두 배나 높은 시급에 즐거움을 느끼며 돈을 모았다.

　그러나 불행으로 점철되어 보기만 해도 눈살이 찌푸려지는 삼류 영화의 주인공처럼, 내 인생도 그랬다. 엄마의 암이 전이되었다. 소녀 가장의 어깨는 두 배로 무거워졌다. 엄마의 암 치료 후에 내 수중에는 단돈 350만 원이 남았을 뿐이다. 그렇다고 떠나지 않기에는 앞으로 살아가야 할 삶이 더 두려웠다.

　그렇게 여행을 시작한 스물, 350만 원으로 떠난 141일간의 지구 반 바퀴 여정. 나는 나의 짧고도 긴 여정을 한 편의 글로 담아냈다. 내가 쓴 글은 당시 여행 정보가

많이 소개되던 페이스북 페이지인 '여행에 미치다'에
업로드됐다. 370만 명이라는 말도 안 되는 수의 사람이
내 여행 이야기를 읽었다. 특별히 잘 찍은 사진이나 수
려한 글로 담아낸 게 아닌 나의 이야기를 12만 명이 좋
아했고, 만 명이 넘게 공유했다.

　당시 '여행에 미치다' 대표님이 한 인터뷰에서 나의
게시물을 기점으로 해당 페이지 팔로워 수가 두 배로 늘
어남과 동시에 여행자들의 이야기에 귀를 기울이기 시
작했다고 할 정도였다. 온라인 세상도 함께 변해갔다.
우후죽순으로 올라오던 단순한 여행 정보 대신, 자유 여
행자의 생생한 경험과 스토리텔링으로 가득 찬 여행 콘
텐츠들이 세상 밖으로 나오기 시작했다.

　내게 기록하는 습관이 없었다면, 그래서 내가 어디에
도 여행의 흔적을 남기지 않았다면, 자기 연민으로 점철
된 구구절절한 사연은 누구에게도 발견되지 못했을 것
이다. 내가 여행의 행적을 남기던 2014년은 인스타그램
이 등장하기 전으로, 블로그와 페이스북의 시대였다. 사
람들은 자기 모습을 가감 없이 온라인에 드러냈고, 특정
유명인보다 주변 누군가의 이야기에 귀를 기울이기 시
작했다. 여행지에서 블로거가 알려준 맛집을 방문하고,

페이스북으로 서로 안부를 주고받는 게 당연하던 때다.

나는 세계여행 초기에 다른 여행자들과 다를 바 없이 블로그에 여행을 기록했다. 당시 유명한 여행자 대부분이 블로그를 운영했고, 나도 그들의 포스팅에서 여행에 큰 도움을 받았기에 망설임 없이 계정을 만들었다. '초경량 침낭 후기'를 쓴 게 시작이었다. 그 뒤로도 '항공권 싸게 구입하기', '장티푸스 예방 접종 맞는 법', '기내 수화물에 맞춘 7kg 배낭여행 짐 싸기'까지 지금 봐도 알찬 정보를 포스팅했다. 적지 않은 사람이 내가 작성한 포스팅에서 여행 정보를 얻었고, 제법 정성을 들여서 포스팅하면 검색을 통해 쉽게 노출되기에, 올라가는 방문자 수와 좋은 정보를 알려줘서 고맙다는 댓글을 보며 소소한 기쁨을 누렸다. 게다가 블로그는 웹페이지처럼 여러 소주제를 분야마다 일목요연하게 나눌 수 있어, 내 여행을 아카이빙하기에 적절한 미디어라는 생각이 들었다. 그런 블로그를 여행의 시작과 동시에 멈춘 데는 여러 가지 이유가 있다.

나의 기록은 먼 훗날의 나를 위한 것이었다. 걱정하는 가족과 지인들에게 내 안부를 알리기 위해서 쓴 것이었다. 이렇게 가족과 나를 위한 기록이 취미였지만, 특정한 주제로 하나의 일관된 이야기를 담담하게 적는 걸 좋아하던 내게 블로그 특유의 구어체는 도무지 적응되지 않았다. 그것보다 큰 문제는 업로드 속도였다. 첫 장기 여행지인 인도의 인터넷 상황은 열악했고, 게스트하우스의 공용 와이파이를 쓰는 공간에 앉아 한참을 기다려도 수십 장의 사진과 긴 글은 업로드하는 데 오랜 시간이 걸렸다. 블로그는 꽤 복잡하고 무겁게 설계된 플랫폼인 탓이었다. 사진과 글씨체 하나하나 세세하게 조정해야 하는 게 내게는 너무 까다롭게 느껴졌다.

여러 생각 끝에 블로그가 아닌 페이스북에 여행기를 연재하기로 했다. 페이스북에서는 사진 업로드와 동시에 압축이 가능해서 블로그보다 훨씬 빠르게 업로드됐고, UI도 단순했다. 게다가 독자 유입마저 쉬워서, 누군가 '좋아요'를 누르면, 'ㅇㅇㅇ님이 '좋아요'를 누른 게시물입니다'라는 문구와 함께 내 게시물이 타인에게 자동으로 노출됐다. 검색으로 유입되는 블로그보다 글이 퍼지기에 유리했다. 정보성 글 위주인 블로그와 다르게 페이스북에는 오롯한 개인의 이야기를 전하기에 적절한 분위기가 형성돼 있기도 했다.

다만 개인적인 일상이 올라오는 페이스북에 긴 여행

기를 올리면 누가 읽어줄까 하는 고민도 들었다. 친구들이라도 끝까지 읽어주기를 바라며 연재를 시작했다. 처음 올린 여행기의 게시물에 30여 개의 '좋아요'가 눌렸고, 두 번째 업로드한 여행기에는 딱 두 배의 '좋아요'가 눌렸다. 노출 시스템을 통해 친구의 친구들까지 유입된 덕분이었다. 피가 끓었다. 내 글이 읽히는 데 대한 환희와 더불어 관심받는 것이 상당히 기분 좋다는 걸 깨달았다. '관종'임을 인정한 이상, '이왕이면 성공한 관종이 되겠어!'라는 마음으로 나의 글을 많은 여행 커뮤니티에 퍼 날랐다. 밤이 되면 와이파이가 가능한 곳에 쪼그려 앉아서, 낮에 쓴 글을 다음(Daum)과 네이버(Naver) 등 각종 플랫폼의 여행 커뮤니티에 소개하고, 내 계정 주소를 남겨 팔로우를 유도했다.

사람들은 혼자 세계여행을 하는 대학생의 꾸밈없이 솔직한 여행기에 매료됐다. 수많은 염려와 응원이 이어졌다. 그렇게 나의 글을 기다리는 사람이 수백 명이 되어갔다. 글 하나를 올리면, 글 안의 여행지를 이미 여행한 여행자들의 조언과 자기 여행을 고대하며 나의 여행기를 지켜보는 이들의 응원이 이어지곤 했다. 페이스북의 파란 창은 내게 하루의 마무리였다. 나의 글에 달린 댓글을 하나하나 읽고, 꾸준히 이야기를 주고받으며 함께 여행하는 기분이 들도록, 꼬박꼬박 이야기와 소통을 이어갔다.

솔직담백하게 자기 여행을 보여주는 여행 크리에이터가 차고 넘치는 지금이지만, 여행 크리에이터라는 표현도 없던 당시에 페이스북은 여행N잡러로 살아가기 위해 내가 작은 걸음을 디딘 나의 첫 필드였다.

✦　**나의 여행을
글로 옮기다**

　　나는 여행을 기록하는 방법을 크게 둘로 나
눈다. 하나는 여행 중 생생한 감정을 느낀 그 순간을 담
은 글을 쓰는 것, 다른 하나는 여행에서 돌아온 후에 당
시의 감정이나 경험에서 한 발짝 떨어져 응축된 내용을
쓰는 것이다.

　그중 여행에서 남긴 글이 더욱 생생한 편이다. 나의
첫 책은 반 이상이 여행 중에 쓴 글이 담겼다. 그 순간의
감정과 사색을 오롯이 담아낸 글은 머릿속에 그리듯 펼
쳐진다. 이런 날것의 감정은 호소력이 강한 만큼 다듬
을 필요도 있다. 감정의 높낮이 폭이 크고, 다소 강한 어
구로 이루어지기 때문이다. 여행 중의 감정 상태는 집에
있을 때와는 다르기 마련이니. 하지만 바쁜 여행 중에

매일매일 여행의 흔적을 기록하기는 쉽지 않다. 그래서 나는 여행에서 돌아온 후에 글을 쓰는 편이다.

무라카미 하루키는 한 독자에게 여행 중 글쓰기를 잘하려면 어떻게 해야 하는지에 대한 질문을 받았다고 한다. 하루키는 여행 중 글을 쓰려고 마음먹고 부담을 지닌다면 온전한 여행을 경험할 수 없다고, 여행에서 돌아와서 글을 써도 된다고, 어차피 가라앉을 건 가라앉고 떠오를 건 떠오른다고 답했다고 한다. 그의 말처럼, 여행에서 돌아온 후 쓴 글은 잔여물이 빠진 느낌이다. 순간의 격한 감정에서 빠져나와 한 발짝 멀리서 여행을 보게 되면 더욱 잔잔하고 담백하게 쓸 수 있기 때문이다. 나의 여행 경험을 타자의 입장에서 바라볼 수 있는 게 장점이기도 하다. 그럼 어떻게 여행을 생생하게 기억할 수 있느냐고 묻는다면 다음과 같은 세 가지 방법을 추천하고 싶다.

첫째로, 메모장에 가장 뜨거운 감정 한 줄만 남기는 방법이다. 여행은 특별하다. 일상에서 벗어났기 때문에 누구에게나 특별할 수밖에 없다. 그런데도 기억은 언젠가 잊히기 마련이라, 나는 특별했던 그 순간에 가장 뜨겁던 감정 한 줄을 항상 휴대폰 메모장에 남긴다. 길면 좋지만, 오롯이 여행을 즐기기 바란다면 딱 한 줄이 시간적으로 부담이 적어 적절한 편이다.

낯선 풍경에도 싫증 나는 날이 있다. 파리에서 그랬다. 나는 여행에 싫증이 많이 난 상태와 감정을 글로 옮기고 싶었다. 순간의 감정을 글로 담았다. '삶이란 여행 같고, 연애와도 같아서 결국 여행은 연애와 같다. 그렇다면 나는 여행이란 연인에게 단단히 싫증 나 있다.'처럼. 메모장에 짧은 문장을 메모해 놓고 이 감정을 완전히 잊고 있었는데 여행에서 돌아온 몇 달 후 이 문장을 읽었을 때, 그날 파리의 칙칙한 하늘빛과 내가 느끼던 권태까지 되살아났다. 이 짧은 문장은 우울하던 파리에 관한 글 한 꼭지가 되었다.

둘째로 사진을 찍는 것이다. 각 잡고 찍는 사진 말고, 딱 기억할 수 있을 정도로 담아내는 사진이다. 여행 중에 남는 건 사진이라는 말도 있듯, 사진은 생생한 영감을 준다. 사진을 통해 그 순간의 잔상이 영화처럼 머릿속에 기억된다. 오직 기록을 위해서라면 잘 찍은 사진이 필요하지 않다. 순간의 모습을 최대한 많이 담자. 낡은 기록의 순간이 그때의 감정을 생생하게 불러일으킬 것이다.

마지막으로는 녹음하기다. 앞서 말한 방법이 다 번거롭게 느껴진다면 휴대폰 음성 녹음 버튼을 누르고 친구나 가족에게 오늘의 여행을 설명하듯 여행 이야기를 혼자 떠든다. 여행이 가장 생생하게 기록되는 방법이다. 고정욱 작가님은 녹음하는 방법으로 매일 기록한다고 한다. 그는 글보다 말이 빠른 편이라, 어떤 날은 녹음을 활용하여 동화책 1권을 집필하기도 했다고 한다. 요즘 음성을 글자로 변화시켜 주는 애플리케이션도 있으니 참 유용한 글쓰기 방법이다.

이처럼 여행을 생생하게 기억할 수 있는 방법에 더해 여행 기록을 어떻게 하면 잘할 수 있을지에 대한 것도 중요하다. 나는 첫 책을 낼 때까지만 해도 글쓰기에 자신 없었다. 나처럼 재능 없는 사람이 쓴 글이 책으로 나와도 되겠냐고 생각하기까지 했으니 말이다. 복수전공으로 국문학을 선택하여 몇 개의 강의를 수강한 걸 제외하고, 글을 제대로 배운 적 없던 탓도 있다. 하지만 내가 쓴 글은 '잘' 팔리는 소위 '읽히는' 글이었다. 다수 독자의 리뷰에서 나는 왜 내 글이 잘 팔릴 수밖에 없는지, 어떤 점이 독자에게 호응이 좋았는지 알 수 있었다. 읽히는 글을 쓰기 위한 몇 가지 방법을 알아보자.

  우선, 글은 쉽게 써야 한다. 필사를 위해 어려운 책을 열심히 뒤적이던 시절이 있었다. 글 속의 생소한 단어가 멋있어 보였다. 그러나 베낀 단어들로 쓴 글을 읽은 이의 반응은 의외였다. 아무리 읽어도 당최 무슨 말인지 모르겠다는 거였다. 겉멋 부리려고, 읽는 이를 배려하지 않고 쓴 게 잘못이었다. 원래의 내 문체대로 가장 가볍고 쉬운 단어로 글을 쓰고, 쥐어짜 낸 묘사와 서정을 빼고 짧게 정리하자 많은 독자를 만족시킬 수 있었다. 쉬운 글이 좋은 글이다. 쉽고 짧은 글은 다수에게 편안함을 준다.

  그리고, 글에는 확실한 주제가 있어야 한다. 많은 사람은 남이 무엇을 했는지 일거수일투족을 그렇게 궁금해하지 않는다. 그래서 오늘 무엇을 했는지 무엇을 먹었는지 누구를 만났는지 등의 이야기만으로는 독자를 만족시킬 수 없다. 개인의 기록에서 더 나아가야 한다. 즉 여행 기록에는 주제가 '꼭' 필요하다.

오늘 귀여운 꼬마를 만났고, 아이스크림을 사줬다.
→ 오늘 만난 꼬마에게 아이스크림을 사준 이유는 ~

  또한 세상을 시인의 마음으로 바라보는 마음가짐이

중요하다. 어느 시인의 말처럼 세상을 시인의 마음으로 보는 건 사소함도 소중히 여길 줄 아는 걸 의미한다. 여행자의 마음 중 가장 중요한 부분이라고 생각한다. 같은 여행도 누군가에게 평범할 수 있고, 다른 누군가에겐 특별할 수 있다. 길거리에 핀 들꽃도 누군가에겐 스쳐 지나갈 풍경이지만, 다른 이에겐 귀한 글감이 된다. 여행 중 만나는 소소한 것을 놓치지 말고 바라보자. 내 손에서 사소한 것들이 특별하게 의미를 얻고 새롭게 태어나게 하자. 다만 주의할 게 있다. 지나치게 감정에 빠지지 않는 것이다. 다른 사람의 여행기를 읽거나, 심지어 내가 쓴 예전 여행기를 읽을 때도 가끔 공감이 안 될 때가 있다. 감정에 취해서 쓴 글이기 때문이다. 독자는 여행을 기록한 필자의 경험을 겪지 못했기 때문에, 지나친 감상이나 미사여구는 오히려 독자의 공감을 불러일으키지 못한다. 감정을 적절히 걷어내고 담담하게 써보도록 하자.

마지막으로, 꾸준히 쓰고 많이 읽는 것만큼 중요한 게 또 있을까. 뭐든 하면 할수록 느는 것처럼 글도 쓰면 쓸수록 잘 써진다. 글은 배우는 것보다 스스로 연습하는 편이 경험상 더 빠르게 는다. 굳이 여행이 아니더라도 좋다. 일상을 여행처럼 살아간다는 마음으로 주변의 소소한 이야기들을 글로 담으며 연습하면, 자기의 여행과 이야기가 어느새 좋은 글이 되어 있을 것이다.

여행을 기록한다는 것은 언뜻 쉬워 보이지만 상당히 어렵다. 하지만 나는 꼭 여행을 글로 남기라고 하고 싶다. 누군가에게 보일 글이 아니더라도 먼 훗날 바스러지는 기억 속 여행을 몇 번이고 다시 끄집어낼 수 있는 게 글의 힘이기 때문이다.

✦ 나의 여행을
책으로 담아내다

첫 책을 출간하고 수백 통이 넘는 이메일을 받았다. 대부분이 책에 대한 감상이었지만, 질문하는 독자도 많았다. 비슷한 질문이 워낙 많아 자주 오는 질문의 답변을 미리 정리해 놓고 답장할 때 사용할 정도였다. 가장 많은 질문은 책을 내는 방법에 관한 것이었다.

여행책을 내고 여행작가가 되기 위해서는 어떻게 해야 할까? 뭐가 필요할까? 여행작가가 되기 위해서는 먼저 글솜씨와 사진 실력이 꼭 필요하다. 나는 여행작가로 활동하던 초기에 사진을 못 찍었지만, 특색 있는 스토리로 출판에 가까이 갈 수 있었다. 그 뒤로는 여러 사진작가 강의를 쫓아다니며, 책으로 나오기에 부끄럽지 않을 정도로 사진 실력을 겨우 끌어올렸다.

　글쓰기와 사진에 자신 없는데도 자기의 특별한 여행 스토리를 꼭 책으로 출간하고 싶다면, 동국대 '여행작가 아카데미', 카페 '언제라도 여행'에서 진행하는 '여행작가 클래스'와 같은 강의를 들어보길 권한다. 이에 더해 도서관에서 진행하는 글쓰기 클래스는 대개 무료이고 강의 퀄리티도 높으니 사는 지역 도서관에서 이런 기회가 있다면 놓치지 말자.

　동국대 여행작가 아카데미의 수강생 연령대는 20대부터 60대까지 다양하다. 각 분야의 대표적인 여행작가가 여행책을 쓰는 데 실질적인 팁을 주기에 수업이 끝날 때쯤에는 필수적인 정보는 다 갖추게 될 것이다. 이미 동국대 여행작가 아카데미 출신 여행작가가 다수 배출되어 클래스의 실효성이 검증되었다.

　여행 출판사 '두 사람'에서 진행하는 '여행작가 클래스(카페 '언제라도 여행에서' 진행)'는 상대적으로 수강생이 젊은 층이다. 여행책 쓰기에 집중된 동국대 여행작가 아카데미보다 포괄하는 분야가 넓어서, 콘텐츠 크리에이터를 겸하려는 사람이 수강하기에 적절하고, 수업 분위기가 부드러운 게 장점이다.

　두 수업에서 강의하면서 많은 수강생을 경험하며 느

낀 건 뭐든 하면 는다는 것이다. 대부분의 수강생이 글은 쓰면 쓸수록 늘고, 사진은 찍으면 찍을수록 늘었다. 여행작가 지망생들과 정보와 의견을 교류하고 함께 출사 및 합평할 수 있는 커뮤니티도 형성되어 있으니 여행작가를 지망하고, 전반적인 여행 시장과 출판 시장의 흐름을 알고 싶다면 수강하길 추천한다. 아무것도 아는 게 없어서 애꿎은 교수님만 쫓아다니던 나의 집필 과정을 떠올리면 멘토가 있다는 것만으로도 든든할 것이라고 생각한다. 실질적으로 책을 낼 수 있는 대표적인 방법은 다음과 같다.

우선적으로 해야 할 것은 브런치와 블로그와 같은 플랫폼 혹은 SNS를 활용하는 것이다. 여행N잡러에 관해 강의할 때 꼭 말하는 게 바로 되도록 많은 온라인 미디어를 활용해보라는 거다. 다양한 미디어에 나를 노출하는 게 여행업에 한 걸음 더 다가가는 방법이다. 정보 기반의 블로그, 사진과 짧은 글 위주의 인스타그램도 유용한 글쓰기 창구이다. 특히 책을 내고 싶다면 브런치는 필수다. 최근 내가 진행하는 여행에세이 클래스의 수강생 A는 수업이 끝나고도 매주 브런치에 글을 올린 덕분에 한 잡지사로부터 첫 기고 문의를 받았다. 잡지사뿐만 아니라 출판사 에디터들은 지금까지 언급한 모든 SNS와 플랫폼에 포진하고 있다. 대중이 매력적으로 느끼는 글을 귀신같이 알아보고 연락해온다. 젊은 작가 중 대중의 호응과 평단의 호평을 동시에 받는 이슬아 작가나 유지혜 작가의 시작도 SNS였다는 걸 잊지 말자. SNS는 돈을 들이지 않고 나의 콘텐츠를 홍보할 수 있는 최고의 수단이다.

어느 정도 원고가 쌓였다면, 작성된 원고를 기반으로 출판사에 꾸준히 투고해야 한다. 한 번 만에 되면 참 좋겠지만, 그런 건 무명작가에게는 기적 같은 일이다. 나는 원고량이 많고, 어느 정도 필력이 되는 작가 지망생들에게는 늘 이 방법을 추천한다. 몇 년 전, 투고에 대한 정보를 고스란히 친구에게 전해줬고, 친구는 출판에 성공했다. 친구의 경우 구독자나 팔로워는 없었지만, 여행 콘셉트가 워낙 독특했기 때문에 출판사 투고에 유리했다. 친구는 약 200개의 출판사에 출간 계획서를 돌리고 총 4곳의 출판사와 미팅할 수 있었다. 워낙 열정적이고, 방대한 양의 원고를 집필한 끈기 있는 친구라 다행이지, 사실 200군데나 되는 곳에 일일이 이메일을 보내 투고하는 건 쉬운 일이 아니다. 많은 출판사에 투고하는 것도 힘들지만, 대부분 회신이 늦거나 답이 없기 마련이기 때문이다. 특히 대형 출판사에는 투고 이메일이 정말 많이 오기 때문에, 첫 출간에는 중소 규모 출판사나 여행 전문 출판사에 투고하기를 추천한다. 서점 여행책 매대에서 마음에 드는 책을 낸 출판사의 이메일을 수집해 보자. 일반적으로 출판사 이메일은 책 맨 뒤에 있는 페이지나 표지 안쪽의 판권 페이지에서 찾을 수 있다.

독립출판을 하는 방법도 있다. 독립출판의 가장 큰 매력은 내가 원하는 내용으로 출판할 수 있다는 것이다. 독립서점에 일일이 직접 입고해야 하고, 내 돈이 들고, 인디자인에 대한 기초 지식이 있어야 하기에 진입 장벽이 높아 보이지만, 독립출판에 관한 클래스도 많고 '부크크'처럼 원고만 있다면 쉽게 책을 만들 수 있는 플랫폼도 활성화되어서 이전보다 책을 내는 게 쉬워졌다. 나 역시 독립출판으로 《우리의 단어가 편지가 될 수 있을까》를 출간했다.

독립출판과 더불어 크라우드 펀딩(Crowd funding)도 진행하면 좋다. 응원해 줄 지인이 많다면, '텀블벅(Tumblbug)'과 같은 크라우드 펀딩이 더 효과적이다. 적은 금액의 모금액으로 도전하는 사람도 많다. 일반적으로 펀딩이 완료된 후에 독립출판으로 책이 나오게 된다. 특히나 텀블벅은 도서 출판에 특화된 크라우드 펀딩 사이트인데, 베스트셀러《죽고 싶지만 떡볶이는 먹고 싶어》,《달러구트 꿈 백화점》역시 텀블벅에서 독립출판으로 시작된 책이다. 지인의 응원과 후원으로 시작된 펀딩이 얼마나 큰 성공으로 이어질지는 아무도 모른다. 펀딩이 성공한다면 더 많은 예비 독자에게 노출될 수 있기 때문이다. 크라우드 펀딩을 해봤던 사람으로서 다음과 같은 약간의 조언을 전한다. 개인이 다수의 구매자를 케어하는 것이 품이 많이 들기 때문에, 쉽지 않은 일이라는 점은 염두에 두자. 그리고 오픈 첫날 지인을 대동해서 순위권에 올리면, 사람들의 눈에 띄기에 더욱 유리해진다.

✦ 출판사를
찾아 나서다

일반적으로 자신의 일상을 올리는 곳(페이스북 계정)에서 여행기를 연재하는 게 신선하게 느껴졌는지 나의 여행 이야기를 읽는 독자는 점차 늘어갔다. 그와 더불어 내게는 더 큰 자신감이 생겼다. 혹시 모를 일이었다. 어린 시절부터 놓지 않던 글쓰기가 여행과 맞물려 빛을 발할지. 내 이야기가 책으로 엮일 수 있을지.

소소하게 여행기를 올리던 계정이 점차 입소문 날 때쯤 한 출판사에서 여행기 공모전을 진행했다. 여러 명의 여행기를 엮어 한 권의 책으로 만든다는 달콤한 이야기였다. 모든 여행 일정을 미뤄두고, 페이스북에 연재한 몇 편의 인도 여행기를 다듬어 한글파일에 담아 출판사에 투고했다. 당시 내게 출간은 너무 멀게 느껴져서 당

연히 안 될 거라고 생각하면서도, 혹시나 하는 떨리는
마음으로 이메일 발송을 클릭했다. 수신함을 수시로 체
크하며 출판사의 응답을 기다렸다.

투고한 지 며칠 지나지 않아 예상보다 빠르게 연락이
왔다. 원고가 좋다는 내용을 담은 이메일이었다. 믿기지
않는 마음으로 이메일을 읽어 내렸다.

> 원고 잘 읽었습니다. 원고가 좋습니다. 다만 첨부된 사진은 책에
> 싣기 어려운 화질입니다. 혹시 원본 사진이 있나요? 사진을 재삽
> 입 후에 지원서를 다시 보내주세요.

출판사에서 이메일을 읽어준 것만으로도, 답장이 온
것만으로도 세상을 가진 기분이었다. 그러나 애석하게
도 그 시절의 나는 사진에 관심도, 재능도 없었다. 출판
사에서 필요로 하는 '원본' 사진이라는 게 뭔지도 몰랐
다. 갤럭시S3 스마트폰으로 심혈을 기울여 찍은 사진인
데, '파일에 오류가 있나?'라고 생각했을 정도로 사진에
무지했다. 딱히 다른 사진이라고 할 만한 게 없었고, 이
런 사진은 책에 실을 수 없다는 게 나를 콕콕 찔렀다.

애석하게도, 나는 여전히 사진에 썩 재능이 없는 편

이다. 10년이나 여행작가와 크리에이터로 버텨온 내가 노력을 안 한 것도, 시도를 안 한 바도 아니다. 유명한 사진작가의 강의를 열심히 따라다녔다. 책에 겨우 실을 수 있을 정도의 사진을 원고와 함께 출판사에 입고할 때면 매번 한 소리 듣는다. 한 담당 에디터의 말에 따르면 '사진을 잘 못 찍는' 여행작가라는 소문도 돈다고 했다. 에디터들은 원고를 받고는 감탄과 탄식을 동시에 뱉곤 했다. 글에 대한 긍정과 사진에 대한 부정을 담은 것이다.

2022년에 출간한 책에서도 사진에 대한 재요청을 받았으니 말 다했다. 언젠가 한 여행 잡지사에 요청받은 기고문과 사진 수십 장을 보냈는데, 발간된 잡지를 펼치자 글은 고스란히 남아 있었지만, 사진은 다른 작가의 사진으로 교체된 기억도 있다. 이런 내게도 여행작가라는 명목하에 사진에 대한 강의가 들어오기도 하는데, 그럴 때마다 섭외 담당자에게 강한 의구심을 품으며, 정중하게 거절하는 이메일을 보낸다. 일반인에게는 미묘한 차이가 드러나지 않을 테지만, 사진을 업으로 삼는 사람에게는 나의 형편없는 사진 실력이 드러날 것이다.

아무튼, 첫 책을 내기 전에 모르는 것 투성이던 그 시절의 나는 출판사에 재차 이메일로 문의하며 조정하기를 포기했고, 출간을 위한 다른 방법을 찾기로 했다. 독립출판을 할 센스는 없었고, 자비출판을 할 돈도 없었다. 그리고 이왕이면 출판사에 투고 이메일을 보내기보다 출판사에서 먼저 연락이 오면 좋을 것이었다. 그러자면 내 글이 출판사에 노출되어야만 하는 어려운 전제 조건이 충족되어야 했다.

세계여행 중반쯤에 문득 끝내주게 영특한 아이디어가 떠올라 바로 숙소로 돌아와 페이스북 창을 열었다. 몇 가지를 검색하기 시작했다. ××출판, ××북스, ××도서. 많은 페이스북 이용자가 자기 페이스북 바이오(프로필)에 어떤 대학을 졸업했는지, 어떤 회사에 다니는지 개인정보를 기재한다. 출판사에 다니는 사람들도 페이스북 바이오에 분명 자기 회사를 적시했을 거라 생각했다. 예상은 적중했다. 나는 출판사 직원들과 대표들의 계정에 친구 신청을 보냈다. 친구 신청을 받고 수락한 이상, 어쩔 수 없이 반강제적으로 내 글을 보게 될 것이다. 혹시 그들이 내 글을 스킵할까 봐 종종 그들의 일상 글에 대한 댓글을 주고받으며 나를 인식시켰다. 글의 방식 역시 책의 포맷에 가깝도록 작성하여 나를 까먹지 않을 만한 주기로 꾸준히 업로드했다. 기깔난 여행 이야

기가, 당신이 찾는 참신한 저자가 바로 여기 있다고 어
필하며. 첫 세계여행에서 돌아왔다는 글을 업로드하자
곧바로 한 출판사 대표로부터 메시지가 왔다.

**혹시, 여행 이야기를 책으로 엮을 생각 있나요? 강남역에서 커피
한잔하며 이야기하죠.**

짧은 메시지에 가슴이 미친 듯 뛰었다. 생판 처음 들
어보는 작은 출판사였지만, 감사함에 목숨도 건넬 지경
이었다. 여행 전에는 꿈도 못 꿔본 새로운 삶이 코앞으
로 다가왔다. 내가 가진 옷 중 가장 단정한 옷을 입고 강
남역으로 향했다. 계약금 0원, 인세 10%. 무명이던 내
게는 책을 내준다는 것만으로도 감사한 조건이었다. 아
쉽게도 당시 그 출판사에 마케터가 없어 스스로 마케팅
해야 했지만, 이상한 자신감이 들었다. 온라인 플랫폼의
여행 카페부터 커뮤니티까지 여기저기에 내가 써온 글
을 보여주면 되는 것이다. 기회는 준비된 자에게 오는
게 아니라, 준비된 자가 스스로 찾는 것임을 기억하고
마음을 다지며 계약서에 이름을 새겼다.

✦ 첫 책,
인생을 바꾸다

당시 출판사의 편집장님은 원고를 처음 써보는 나에 대해 걱정했다.

"이렇게 계약서에 서명해도 결국 끝까지 못 쓰는 사람이 태반인데, 할 수 있겠어요? 동국대 평생교육원 여행작가 아카데미 같은 데 가서 수업이라도 들어봐요."

나 역시 자신 없었다. 아니 자신 있었다. 글을 잘 쓸 거라는 자신은 없었고, 글을 끝까지 쓸 거라는 확신은 있었다. 당장 편집장님이 추천한 수업을 찾아봤으나 대학생에겐 비싼 수업료의 강의라서 수강해 보라는 말을 꺼낸 게 내겐 좀 너무한 거 아닌가 하는 생각까지 들었다(그때는 내가 그곳의 강사가 될 줄 몰랐다). 하지만 나를 도와줄 사람은 많았다. 절필한 지 오래됐지만 등단했던 엄마와 재학 중인 대학의 국문학과 교수님들(운 좋게 국문학과를 복수전공 중이었다). 그분들을 귀찮게 하고서라도, 쪽팔리지 않은 글을 써야겠다고 생각했다. 뭐든 처음이 중요한 법이니까.

가을을 맞고, 복학했다. 학교가 있는 청량리역에서 우리 집이 있는 김포공항역까지는 왕복 세 시간이 걸렸다. 나는 여전히 우리 집의 가장이었다. 베이비시터 아르바이트가 끝나면 녹초가 되어 집으로 돌아왔다. 지친 몸으로 글을 다듬었지만 어쩐지 마음만은 반짝반짝 빛났다. 내가 쓴 책이 출간되어 진심 어린 글을 한 명이라도 알아준다면 그것으로 충분히 맘이 벅찰 것 같았다.

그러나 내가 출판 계약했다는 소식을 들은 가족도 친구들도 라면 받침 하나 생기겠다는 우스갯소리를 할 정도로 주변의 기대는 형편없이 낮았다. 그런 상황에서도 열심히 쓴 덕분에 꽤 빠른 속도로 글이 마무리되었고, 학기를 마칠 때쯤에는 출판사로 원고를 보낼 수 있었다. 무뚝뚝하기로 둘째가라면 서러운 편집장님은 원고를 받고는 말했다. 원고가 끝내주게 재미있다고. 아마, 아무도 믿지 않았을지 몰라도, 편집장님과 나, 둘만큼은 알고 있었을지도 모르겠다. 이 책은 분명 대박 날 거라고.

내가 계약한 출판사가 너무 작은 출판사라는 게 맹점이었다. 현재는 규모가 예전보다 커져 여행기 위주의 책을 출간하는 곳이지만, 당시에는 번역서만 내던 곳이었다. 게다가 당시 해당 출판사 역사상 가장 많이 팔린 책은 4,000부에 불과했다. 한국 작가의 책을 출판한 적도, 판매율이 높은 책 출간에 성공한 이력도 없었다. 그곳에서 1쇄 1,200부가 세상 밖으로 나왔다(나의 세 번째 책은 1쇄를 5,000부 찍었으니, 첫 책의 1쇄가 얼마나 적은 양이었는지 가늠할 수 있을 것이다).

이틀이 채 안 되어 매진. 2쇄 2,000부 역시 곧장 매진되었고, 3쇄 3,000부 바로 매진. 인쇄를 돌리기 무섭게 매진의 연속이었다. 책의 재미에 관한 입소문은 계속 퍼져나갔고, 서점에 들어오면 바로 팔려나가는 까닭에 독자들이 에세이계의 허니버터칩이라는 별명을 지어주기까지 했다. 곧이어 청소년 권장도서로도 선정되고, 대학교 권장도서 100선에 선정되기도 했다. 스팸 이메일로만 가득 차던 수신함에 인터뷰 요청과 방송 출연 제안이 가득 찼다.《악당은 아니지만 지구정복》은 현재까지 총

14쇄를 찍었을 정도로, 유행이 빨리 지는 여행에세이 분야에서 오래 사랑받고 있다.

나의 첫 책이 성공한 데는 재미와 감동, 진솔한 이야기를 담은 것도 있겠지만, 가장 큰 요인은 따로 있다. 이 책에는 아주 단순하고 직접적인 '마케팅'이 존재했다.

✦ # 글쓰기는
높은 산을 오르는 것일지도 모른다

내가 거북목이 심한 건 대학 시절부터 오랫동안 살던 휘경동 옥탑방에서 쓰던 작고 낮은 책상 때문이다. 후에 더 넓은 집으로 이사해서는 높이가 적당한 책상을 놓고, 책상 앞에 예쁜 원목 의자도 두었지만, 오랫동안 딱딱하고 높이가 맞지 않는 팔걸이 의자, 작은 노트북 화면에 의존하다 보니 자연스레 허리와 목의 경사가 뒤틀렸다. 딱딱한 원목 의자는 엉덩이를 움직이지 못하게 했고, 작은 화면은 자꾸만 내 얼굴을 화면 가까이에 댈 수밖에 없게 했다.

집에서 글을 써야 할 시간은 점점 늘어나는데, 두세 시간만 앉아 있어도 불편한 상황에 이르렀다. 나는 작업 공간을 뜯어고치기로 마음먹고 온라인에서 손품을 팔아 장바구니에 갖가지 물품을 담았다. 여행 중에 글을 쓸 때도 노트와 펜, 노트북 키보드, 휴대폰 메모장까지 다양한 도구를 사용하니, 일상적으로 글을 쓸 때는 더욱 섬세하게 잘 맞는 도구를 고를 필요가 있을 텐데. 그동안 도통 신경을 쓰지 못했다.

- 무선 키보드와 마우스

- 높낮이 조절 의자

- 발 받침대

- 큰 모니터(아이맥)

- 노트북 받침대(튼튼한 거 하나, 여행용 하나)

효과는 실로 놀라웠다. 모니터가 하나 더 있으니 참고 자료를 한 화면에 띄워놓고, 다른 화면에는 글 쓰는 파일을 띄울 수 있었다. 의자가 높아지니, 책상과 팔의 각도가 편해져 저리지 않았다. 높아진 의자로 동동 뜨는 발밑에는 받침대를 놓으니, 다리를 꼬았을 때보다 피로가 훨씬 덜했다. 가장 획기적인 아이템은 단연 키보드였는데, 소위 '작가 키보드'로 알려진 로지텍 제품을 구입했다. 아이맥에 딸려 오는 기본 애플 키보드의 키감이

불타오르던 창작욕을 없앨 만큼 불편했기 때문이다.

작가 키보드를 써보고 만족감에 SNS에 진심을 담아 추천한 적 있는데, 그날 나의 SNS 팔로워들이 앞다퉈 샀는지 쿠팡에 품절이 떴을 정도였다. 그렇게 추천평을 쓸 만큼 이 제품에 진심인 나는 적당한 키 높이와 쫀득쫀득한 타건감과 어느 기기에서나 페어링이 잘 되는 키보드 덕에 모니터와 노트북, 휴대폰을 자유롭게 오가며 글을 쓸 수 있다. 이제는 카페에서 작업하는 날이면 노트북과 경량 노트북 받침대, 무선 키보드만 챙겨 나온다. 작가로 글을 쓴 지 10년이 다 되어서야 글 쓰는 데 필요한 도구의 중요성을 깨달았다니 통탄할 따름이다.

글쓰기란 등산과 같다. 고지를 향해 숨이 턱턱 막히는 길을 끝없이 올라가는 과정. 결국 정상에 오르고서야 내가 올라온 길이 제대로 보이는 길고 험난한 과정이다. 등산할 때 좋은 컨디션과 장비의 도움이 중요한 것처럼 글쓰기도 그렇다. 등산 스틱·등산화·등산용 배낭 없이 산에 오르려 한 적 없으면서, 글쓰기 장비 하나 갖추지 않고 책을 써온 것이 미련하게 느껴졌다. 책 쓰는 게 분명 히말라야에 오를 때보다 힘들었는데 말이다.

등산할 때는 등산 장비도 필요하지만, 캐러멜·초콜

릿·시리얼 덩어리로 힘을 내게 하여 산행을 도와주는 에너지바 같은 존재도 중요하다. 묵묵히 산을 오르면서 틈틈이 손에 쥔 에너지바를 먹으며 내 몸에 에너지를 채워야 다시 나아갈 작은 힘이라도 생긴다. 내게는 글쓰기의 에너지바가 몇 개 있다. 글쓰기가 지칠 때마다 내게 도움이 되는 존재들은 e-book 리더기, 나만의 영감 노트, 사전 그리고 간식거리다.

글이 막힐 때마다 e-book 리더기를 꺼낸다. 온라인 서점의 대여 서비스를 이용 중이라 한 달에 일정 금액을 내면 그곳에 있는 책을 무제한으로 빌릴 수 있다. 다독하는 내게는 온라인 서점의 대여 서비스와 이를 위한 e-book 리더기가 필수다. e-book 리더기는 무거운 책을 들고 다니기 어려운 여행할 때도 유용하고, 다양한 책을 쉽게 읽을 수 있다는 게 장점이다. 작문서나 에세이, 우리말 사전까지 다양한 장르의 책을 읽으며 글쓰기 전에 예열 시간을 갖는다. 멋진 글을 읽을 때마다, 나도 이런 글을 써야겠다는 마음이 활활 타오른다.

설령 읽은 책의 글이 와 닿지 않을 때도 글을 쓰는 데 도움이 된다. 이보다 잘 쓰고 싶다는 마음이 들기 때문이다. 가끔 사전류를 펼치기도 하는데, 그곳에 쓰인 단어들은 글의 소재가 되기도 한다. 영감이 떠오르지 않을 때 제격이다. 내가 가장 추천하는 사전은 조항범 교수님의 《우리말 활용사전》이고, 30년 동안 사전을 만든 안상순 선생님의 《우리말 어감 사전》을 최근 얻게 되었다. 이 사전들은 리더기가 아닌 종이책으로 소장하고 있는데, 책상 앞에 놓인 두꺼운 사전들과 함께라면 글을 쓰는 마음이 든든하다.

글을 쓰다 막힐 때는 매년 서점에서 사는 다이어리를 꺼낸다. 이곳에는 일정과 일기 대신, 여행하다 혹은 책을 읽다 만난 인상 깊은 단어나 문장이 기록되어 있다. 내게 영감을 주는 것을 모두 적어놓은 이 노트를 나는 영감 노트라고 한다. 정말 써야 할 것이 고갈되었을 때는 영감 노트를 펼쳐본다. 제발 나를 자극할 한 문장이 있길 바라며.

글을 쓰다가 가끔 내게 상을 주기도 하는데, 이를테면 한 문단을 완성하면 앞에 있는 케이크를 한입 먹을 수 있다. 그전까지는 절대 금물이다. 눈앞의 달콤한 케이크를 맛보기 위해서는 한 문단을 끝내 완성하고 만다. 그렇게 한 문단 한 문단 더하다 보면 어느새 글이 마무리된다. 달콤한 보상이 원동력이 되는 덕분이다.

오늘 써야 할 분량을 다 써내면, 낮은 산의 정상에 오른 것 같은 기분이 든다. 책 한 권 분량의 원고를 마친 날에는 아주 험한 산 정상에 올라 아래를 내려다보는 것 같다. 뿌듯한 성취감을 느끼면서. 앞으로 다가올 긴 산행이 더는 두렵지 않은 이유는 오랜 산행으로 알아낸 좋은 장비들과 주머니에 숨겨둔 에너지바 덕분이라고 오늘도 나를 도와주는 것들에 감사하며, 글을 쓰는 데 힘을 낸다.

✦ # 작은 인터뷰가
   # 큰 공을 쏘아 올리다

2020년에 잠시 반짝 인기를 끈 애플리케이션이 있다. 한동안 많은 사람이 '클럽하우스'라는 신박한 애플리케이션에 빠져 있었고, 나도 마찬가지였다. 음성을 바탕으로 소통하는 애플리케이션인 클럽하우스에서는 누구나 모더레이터가 되어 대화방을 운영할 수 있다. 초기에는 친목 위주보다 각양각색의 사람이 모여 다양한 분야에 관해 토론하는 형태가 일반적이었다.

비건, 예술, 환경, 주식, 독서 등 상상할 수 있는 모든 주제가 온라인 토론장에 등장했다. 아나운서, 연예인, 소설가, 각 분야 박사 등 현실에서 만나기 힘든 사람들과의 대화에 손쉽게 참여할 수 있는 게 이 애플리케이션의 매력이었다. 대화방은 한 명 혹은 수 명의 모더레이터와 수백 명의 청자로 구성되는 게 일반적이었다. 청자들이 손을 들면 대화에 참여할 기회가 주어지는 방식으로 운영되었다.

어느 날, 대화방 목록을 훑어보다가 흥미로운 주제를 발견하고 냉큼 들어갔다.

뉴 미디어와 레거시 미디어

현 레거시 미디어를 이끄는 방송사의 아나운서 몇 명이 모더레이터가 되어, 현재의 미디어 상황에 대한 담론을 나누고 있었다. 몇 명의 방송인이 등장하여 사라져가는 레거시 미디어에 대해 통탄했고, 뉴 미디어의 지속성에 관한 열띤 토론을 이어가고 있었다. 방을 운영하던 모더레이터 중 한 명이 명단에서 내 이름을 보고, 이야기를 듣고 싶다며 모더레이터의 권한을 부여했다. 그는 나를 잘 아는 건 아니었지만, 내가 쓴 책을 기억하고 있던 것이다.

나는 꾸준히 종이책을 내는 작가로 한편으로는 또 다른 직업인 여행 크리에이터로 누구보다 뉴 미디어의 중심에 있었다. 종이책 작가와 여행 크리에이터 사이에서 정체성이 불분명하던 나는 심장이 벌렁거렸다. 방구석에서 휴대폰을 부여잡고 말을 이어갔다. 대화방에 참여하는 사람이 어느새 수천 명이 되었고, 나는 그들 앞에서 레거시 미디어가 왜 뉴 미디어를 안고 가야 하는지에 대한 이야기를 풀어냈다. 나의 정체성이 지닌 간극 사이에서 두 가지가 반드시 함께 가야 할 이유를 말했다.

이와 관련하여 내가 본격적으로 오프라인 세상에 여행가로 알려지게 된 계기가 있다. 한 기사 덕분에 나는 널리 알려졌다. 지금은 오디오클립 '듣똑라(듣다보면 똑똑해지는 라이프)'로 유명한 〈중앙일보〉 홍상지 기자님의 관심 덕이었다. 당시 온라인에서 여러 사람을 디깅하던 기자님은 우연히 여행 관련 활동을 하던 나를 발견했고, 조심스레 인터뷰를 요청했다. 나는 떨리는 마음으로 그를 만나러 갔다. 한 작은 카페에서, 그는 내게 기사는 아주 작게 나올 거라고 말하며, 나의 꿈과 왜 여행을 시작했는지 같은 것들을 물었다.

긴 시간 대화했다. 그는 짧게 물었고, 나는 길게 대답했다. 돈을 모은 이야기, 인도 티베트 난민 마을에서 아픈 나를 챙겨주던 아주머니 이야기, 카우치 서핑으로 여행 경비를 아낀 이야기, 처음에는 무서워 과도를 들고 다닌 이야기 등. 내 여행의 소소한 부분까지도 그에게 전했다.

재밌던 건 내 작은 체구에 놀란 기자님이 내 키를 물어본 것이었다(그래서 기사에 내 키에 대해서 실렸다. 실제보다 2cm 작게 적혀서 슬펐던 기억이 있다). 소박한 나의 이야기가 그의 매력적인 카피라이팅 덕분에, 덩치에 맞지 않는 커다란 배낭을 멘 서툰 여행가의 어색한 미소가 신문의 꽤 괜찮은 위치에 실렸다. 지면에 사진이 크게 실린 탓인지, 오랜 친척들에게서도 연락이 왔다.

'대박'을 친 건 그 기사의 온라인 버전이었다. 기사가 나오기 며칠 전 '여행에 미치다'에 올린 여행 이야기 콘텐츠가 대박이 터진 것도 한몫했지만, 대중 미디어의 여전한 강자인 신문의 힘은 위대했다. 온라인 기사를 읽던 한 평범한 회사원이 자기 페이스북에 해당 기사의 링크를 공유했다. '이 사람, 뭔가 멋있다.'라는 단 한 줄의 글과 함께. 알고리즘의 요상한 영향으로 그의 글이 퍼졌다. 온라인 기사의 조회수는 놀라웠다. 기자님에 따르면 그 해 해당 신문사 최다 조회수 기사였다고 한다.

어쩌면 몇몇 사람에게 읽히고 금세 잊힐 수 있던 인터뷰가 한 사람의 클릭으로 세상에 퍼져갔다. 기사가 나

온 다음 날, 대부분의 방송 미디어에서 섭외 요청이 왔
다. 네이버 메인 화면에 일주일에 3번씩 나의 이야기가
실렸다. "이 사람 왜 자꾸 띄워줘요. 보기 싫은데." 같은
댓글이 달리기도 했지만, 나의 소관이 아닌데 어쩌겠는
가. 방송은 더 했다. 방송이라는 건 내게 동의를 구한 후
실리는 줄 알았는데, 여기저기서 내 이야기를 퍼 날랐
다. 평소 보던 YTN 뉴스에서 우연히 내 얼굴을 발견하
고 깜짝 놀란 적도 있다.

　뉴 미디어와 레거시 미디어의 환상적인 조화 속에,
나는 복잡한 인터뷰와 방송 일정을 소화했다. 어떤 반작
용이 기다릴지는 모른 채였지만, 몇 달 후 책이 나올 예
정이었다. 기사를 읽은 사람 중 소수만이 나를 기억해
줄지라도, 나를 알릴 수 있는 크고 공짜인 마케팅이 될
수 있으니, 그런 미디어 노출을 마다하지 않았다.

　주변의 작가나 크리에이터 중에는 바로 수익이 나지
않고, 시간도 뺏긴다는 이유로 종종 지면 인터뷰를 거절
하고, 유튜브 인터뷰와 온라인 콘텐츠는 계속해서 선호
하는 사람도 있다. 그러나 나는 여전히 '인터뷰'라면 종
류를 가리지 않고, 얼마나 작은 규모의 미디어든, 작은
기업의 사보든 나를 찾는 곳으로 달려간다. 단 한 명에

게라도 나를 더 알리고 싶기 때문이다. 다양한 미디어에서 여러 연령대의 사람들에게 나를 알리는 게 즐거운 건 물론이고, 더 많은 사람에게 나를 알릴 필요가 있다. 회사나 조직에 몸담지 않은 프리워커로서 세상이 나를 잊지 않게 만들어야 하는 건 모든 프리워커의 숙명임을 체감하기 때문이다.

✦ 수천 개의
악플 속에서 깨닫다

#여대생 #세계여행 #인도 #카우치서핑 #350만원 #작은체구

중앙일보 기사 이후 나는 방송과 온라인 등 다양한 미디어를 통해 다소 자극적인 표현에 노출되었다. 나의 여행 이야기는 커뮤니티를 거치며 자꾸 와전되어 퍼졌고, 절묘하게 자극적인 단어로 조합됐다. 기사나 게시물 제목에 따르면, 나는 금수저 여대생이었고, 위험한 여행지만 골라서 여행하는 사람이었다. 모 대형 신문사에서는 내 여행을 '일베가 보내준 해외여행', '따봉 부르는 여대생'이라는 기사로 소비하기도 했다. 커뮤니티에 나의 글이 옮겨질 때마다 그 내용은 작성자의 입맛에 맞게 변했다.

화려한 조회수만큼 댓글도 엄청났다. 기사나 게시물은 매번 조회수가 소위 '터졌고', 1,000개의 댓글이 달리면 900개가 넘는 악플이 달렸다. 아직도 기억나는 댓글이 몇 있다. '카레 냄새 나게 생겼다', '후진국에 가서 당했을지도 몰라', '나는 쟤가 제발 죽었으면 좋겠어' 따위의 맥락도 의미도 없는 악플이 대다수였다. 차마 너무 심한 댓글은 눈 뜨고 볼 수 없을 정도였고, 어머니 SNS 계정까지 찾아가 성희롱 메시지를 남기는 악플러도 있었다.

재학 중이던 대학교 온라인 커뮤니티에도 성희롱 댓글이 난무했다. 웬만한 일에는 끄떡도 안 하는 성격이지만, 어린 나이에 매일 겪어내기에 쉬운 일이 아니었다. 엄마의 우는 모습을 보며 내 마음도 무너져 갔다. 나를 응원하는 사람이 내게 악플을 다는 사람보다 훨씬 많았지만, 이 세상 모든 사람이 나를 향해 손가락질하는 것만 같았다.

당시의 나는 악플러들의 습성을 잘 몰랐다. 그들은 포털사이트 어디에나 존재하고 누구에게나 비슷한 짓을 했지만, 그걸 모르던 나는 단순히 나를 미워하는 이유를 마음 불편하게 머리 굴리며 궁금해했다.

그들의 말대로 여자 혼자 여행한 게 잘못인가? 아니요.

그들의 말처럼 사진사를 대동한 여행이었나? 절대 아니요.

여행으로 사람에게 피해를 주었나? 아니요.

여행 중 불법적인 일을 했나? 아니요.

그렇다면, 왜?

이유 없는 악플도 있다는 걸 알지 못하던 나는 정답 없는 문제에 답을 찾으려 애썼다. 여행으로 얻어낸 용기와 자신감이 점차 줄고, 매일 나를 대신해 눈물을 훔치던 마음 약한 어머니는 애꿎은 도전 대신 원래의 삶을 살아가기를 부탁했다.

나는 자꾸만 작아졌다. 마음의 방향은 엇나가고, 전하고 싶던 메시지를 잊은 채 역시 내게는 평범한 삶이 어울리는지를 고민했다. 나약한 마음이 들었다. 하고 싶은 걸 해 나갈 용기를 잃어만 갔다.

그러던 어느 날 당돌한 문장으로 시작하는 한 통의 이메일이 도착했다. 나는 불난 데 부채질하느냐는 심정으로 이메일을 읽었다.

제목: 시내 씨, 저는 당신보다 잘난 사람입니다

시내 씨, 저는 당신보다 잘난 사람입니다. 저는 시내 씨처럼 영어를 못하는 사람도 아닙니다. 토익도 900점을 넘었어요. 키도 시내 씨보다 훨씬 크답니다. 누구나 부러워할 만한 명문 대학을 졸업했고요. 시내 씨처럼 가정형편 때문에 어려움을 겪은 적은 단 한 번도 없었어요.

이런 저의 어린 시절 꿈은 세계여행이었어요. 어른이 되면 세상을 자유롭게 여행하고 있을 거라 생각했지만, 현실을 마주하게 되면서, 그런 것은 대단한 사람이나 하는 거라고 합리화하며 꿈을 미루었어요.

그러던 어느 날, 우연히 시내 씨의 이야기를 보고 용기를 얻었습니다. 영어를 잘하지도, 신체적으로 강하지도 않고, 가난에 허덕이던 당신이 내가 못 할 거라고 생각하던 세계여행을 자유로이 하는 모습에 잊힌 꿈이 다시 다가왔어요. '저 사람도 했는데, 나도 할 수 있을 거야.' 라는 용기가 들더군요. 고마워요. 저 곧 세계여행 떠나요. 덕분입니다. 누군가에게는 당신의 모자람이 큰 용기가 될 거라 믿어 의심치 않습니다.

　'그래, 많은 사람이 나의 이야기에 주목하는 건 내가 잘나서도, 뛰어난 일을 해서도 아니야. 나같이 평범한 사람도 해낼 수 있다는 걸 보여줬기 때문이야. 나의 평범함이 오히려 다른 사람에게 용기와 위로를 주고, 가능성도 보여줄 수 있어.'

　진심 어린 이메일을 받고 나는 비로소 내가 가야 할 방향을 잡게 되었다. 평범함이 주는 용기와 모자람이 시도하는 도전! 내가 전하고 싶은 메시지였다. 나는 다시 꿈을 향해 달려갈 힘을 얻었다. 꿈은 내가 이루는 데서 끝나는 게 아니라, 그 꿈을 다른 이와 공유했을 때 더 큰 의미가 있다. 내 꿈은 또 다른 누군가의 꿈이 될 것이다.

✦ 나는 평생
나의 삶을 살 테야

다른 환경에서 태어났다면 어땠을까. 분명 어린 시절 나의 모습과 달랐을 것이다. 나는 꿈도 많고, 하고 싶은 것도 많았다. 책이 보여준 세상은 내게 수많은 길을 알려줬고, 그 길을 따라 꿈을 꾸려던 때 잔인하지만 현실은 내가 가고 싶은 길보다는 갈 수 있는 길을 보여줬다. 갈 수 없는 수많은 길을 머릿속으로 하나씩 지워갈 수밖에 없었다.

시도했다가 넘어지기에는 나를 일으켜줄 든든한 '빽'이 내겐 없었다. 이른 나이부터 세상에 굴복하기 시작했다. 어쩔 수 없이 본연의 내 모습을 숨기고, 사회가 생각하는 모범생의 기준에 맞춰서 사는 게 어린 나의 인생 모토였다.

좋은 대학에 가서, 빠르게 취직하고, 빨리 가정을 꾸리는 게 세상이 내게 제시하는 유일한 길이라고 생각했다. 내가 원하는 길은 아니지만, 소위 말하는 '흙수저'에게 그보다 좋은 선택지는 없다고 생각했다. 흙수저라니, 참 잔인한 표현이다. 가난한 집을 비꼬는, 혹은 스스로 처지를 한탄하는 밈으로 자주 쓰이는 과거의 신조어를 활용한 '흙수저 빙고 게임'이라는 게임도 있다.

화장실에 물 받는 대야가 있음(세면대가 없는 게 너무 당연했다)

연립주택에 살고 있음(벌레가 안 나오면 땡큐였다)

부모님이 정기 검진 안 받음(그러다 엄마의 암을 늦게야 알게 됐다)

집에 욕조 없음(욕조 있는 집에 살아 보는 게 꿈이었다)

집에 비데 없음(변기가 있는 게 감사한 상황이었다)

흙수저라는 말은 내가 스스로 생각하는 나의 상황과 내가 지닌 조건과 정확히 일치했다. 나는 다른 친구들과 달랐다. 최선을 다해서 공부해야 했고, 노력하던 바를 멈추면 안 된다고 생각했다. 내가 나를 책임져야 했고, 집을 책임져야 했다. 그런 내게, 책 안에 있는 수많은 갈래의 길은 너무 큰 사치라고 생각했다.

이처럼 과거의 나는 모험가와는 거리가 멀어 보였다. 조금의 실패에도 인생이 무너질까 봐 움츠리고 겁먹던, 도전이 두려운 지극히 평범한 사람이었다. 그렇게 두려운 게 많고 평범하던 나도 어릴 때부터 다짐해온 게 있다. 세상이 시키는 대로, 사회가 요구하는 대로 잘 맞춰서 살아갈 테니 딱 1년만은 내가 원하는 대로 살고 싶다는 것이었다.

그 시간을 위해서라면 평생을 헌납할 자신이 있었다. 1시간을 나의 인생이라고 가정했을 때, 1분도 안 되는 시간도 마음대로 못 산다는 건 너무 억울했기 때문이다. 반년간 모은 돈을 들고, 돈을 모은 시간만큼 반년의 여행을 떠나는 게 20년을 어긋남 없이 버텨온 이유였다. 누구보다 반짝이는 1년을 위해서였다. 스무 살의 시간만큼만 마음 가는 대로 살아가기로 결심했다.

떠나기 전, 한 선배 여행자가 조언했다. 여행에서 가장 중요한 것은 여행에서 돌아와 일상을 살아가는 것이라고. 그렇지 않으면 자꾸만 떠나고만 싶고, 또 떠나게만 된다고 했다. 그는 세계여행에서 돌아와 책을 출간하고선 여행 전부터 준비하던 대형 언론사에 취업했다.

여행을 떠나기 전의 나로서는 이해하기 어려운 행동

이었다. 그들이 현실을 잘 모르는 것이라는 생각까지 들었다. 나는 일상으로 잘 돌아올 자신이 있었다. 아니, 돌아와야만 한다고 생각했다. 일반적인 경로에서 벗어난 삶은 내게 사치였다. 1년은 짧고도 긴 시간이었다. 인생의 유일한 자유 시간이라기엔 짧았고, 불안하기에는 충분히 긴 시간이었다. 사회에서 남들보다 1년 이상 뒤처질 수는 없다고 생각했다.

그러나 이런 생각과 다짐은 여행과 동시에 깨지고 말았다. 여행은 내 모든 걸 바꾸고 말았다. 가난한 여행이었지만 풍부한 이야기를 만든 여행이었고, 여행에서 만난 많은 사람과 나눈 이야기와 시간은 생경한 아름다움을 전해주었다. 가난도 배경도 지우니, 있는 그대로의 내가 오롯이 남았다. 온전한 나의 모습을 놓는 게 힘들다는 걸 느꼈다.

그제야 나는 여행 전에 조언을 건네던 선배 여행자의 말에 고개를 끄덕였다. 여행에서 만나거나 알게 된 많은 여행자가 현실로 돌아오는 걸 힘들어했으며, 틈만 나면 떠나거나, 삶의 방향을 바꾸기까지 하던 게 이해됐다. 세상 속에서 다양한 사람을 만나며 내 삶의 방향도 바뀌었다.

그중 한 사람은 프랑스 파리에서 만났다. 그는 파리에서 길을 걷다 센강에서 만나 친구가 된 남루한 차림의 가난한 화가였다. 여유로운 나라에서, 자유로운 삶을 사는 친구라 그의 꿈과 미래가 궁금했다. 그간 여행했던 나라의 나보다 사정이 어려웠던 친구들은 대체로 꿈을 꿀 수 있는 환경이 아니었기에, 이 친구에게서 다른 답변을 기대했다.

"넌 꿈이 뭐야?"

그는 내 물음에 의아한 표정으로 나를 바라보았다. 혹시 내 말을 제대로 이해하지 못했나 싶어 부연 설명했다. 마침 강 건너편에는 오르세 미술관이 있었고, 고흐의 그림이 걸려 있었다. 나는 그림에 손을 가리키며 말했다.

"이를테면 엄청난 부자나 아니면 저 앞에 걸린 고흐처럼 유명한 화가 말이야. 네가 되고 싶은 것 말이야."

나의 질문에 그는 한 치의 고민도 없이 대답했다.

"나는 행복할 만큼 충분한 돈을 이미 가지고 있어. 너에게 밥을 사주려면 단지 저기 서서 그림 한 장만 팔면 돼. 그리고 내가 그림을 그리는 저 다리에선 내가 제일 유명해. 모든 사람이 내 그림을 보고 황홀한 미소를 짓지. 그리고 무엇보다 나는 자유로워. 행복할 수 있는 충분한 시간이 있어. 오늘 너를 만나서 행복하기에 그림은 내일 팔면 되는 거야. 그저 내 꿈은 지금처럼만, 지금 같은 마음을 간직한 채로 평생 사는 거야."

그는 볼에 기분 좋은 홍조를 띠며 말했고, 나는 강한 펀치를 맞은 듯 충격 받았다. 남루한 차림이기에 당연히 더 큰 부를 원하는 줄 알았고, 길거리 화가라서 유명한 화가가 되고 싶어 하는 줄 알았다. 마흔이 넘은 그의 얼굴은 세상을 탐험하겠다고 하던 나의 열일곱 같았다. 나를 다시 돌이켜봤다. 대학교에 들어오고 나서는 누군가 내게 꿈을 물었을 때, 어린 날의 진심 어린 대답이 아닌 누군가 원하는 직업을 읊고 있었다. 나의 꿈이라 말하지만, 사실 세상의 기준에 맞춰진 직장과 부서를 줄줄이 읊곤 했다.

그게 나의 진짜 꿈이냐고 스스로 되물었을 때, 답은 '아니요'였다. 내가 꾸며낸 꿈들에 관해 말할 때는 평생

이렇게 살고 싶다는 파리의 화가처럼 행복한 미소를 지으며 말할 수 없었다. 나는 무엇을 꿈꾸고 있는가. 어쩌면 지금 걸어가는 길이 내가 꿈꿔온 길인데 왜 잠시의 환상 같은 것으로 치부했을까.

여행을 다니고 글을 쓰며 누가 시키는 게 아닌, 내가 원하는 바를 해냈을 때의 떨림은 엄청났다. 태어나 처음 성취감과 행복감, 자유로움을 느꼈다. 나는 평생 하고 싶은 걸 하고 살아야 할 사람이라는 것도 깨달았다. 실패해도 좋다는 생각이 들었다. 첫 세계여행이 끝나고, 여행에서의 울림을 도무지 잊을 수 없었기 때문에 삶의 모토를 바꾸게 되었다.

삶의 모토가 평생 하고 싶은 것을 하며 사는 것으로 바뀌었다. 단 1년으로는 부족했다. 하고 싶은 걸 하고 살면, 세상이 해야 한다고 하는 것을 하지 않는다면, 물론 실패할 수도 있다. 실패한다면 스스로 실패의 표본이 되겠다고 생각했다. 내가 하고 싶은 여행작가라는 뚜렷하게 보이지 않는 길로 나아가겠다고 다짐했다.

한동안은 학업과 여행N잡을 병행했다. 학교가 끝나면, 베이비시터 아르바이트를 하고, 밤에는 글을 썼다. 힘들지 않았다면 거짓말이겠지만, 이전과는 달랐다. 처음 알게 된 가슴 뛰는 일은 고될지언정, 떠올리기만 해도 나를 움직이게 했다. 지치는 것은 몸이지 마음이 아니었다.

첫 책은 성공적이었지만, 난 너무 어렸다. 원로 여행 작가를 대우해 주는 2010년대 여행 업계의 사정상 내가 할 수 있는 일은 많지 않았다. 그렇게 몇 년이 지나고 대학 졸업반이 다가왔을 때, 나는 잘 다니던 학교마저 관뒀다. 일이 잘 안 풀리더라도, 졸업하고 다른 일을 할 수 있지 않겠냐고 안일하던 마음이 미웠다. 안주할 수 있는 가능성을 차단하고 싶었다.

넘어지는 게 두려웠다면 그럴 수 없었을 것이다. 대학은 최소한의 사회적 안전망이라고 할 수 있기에 대학을 그만둔다는 것은 상당히 크게 넘어지는 것이었으니까. 과거에는 넘어지는 걸 두려워하던 나였지만, 세상 속에서 찾아낸 꿈은 학교라는 안전망을 쉽게 포기하도록 해주었다. 나는 본격적으로 달려갔다. 목적지 없이 달릴 때와는 달랐다. 상쾌한 청량감이 폐 속까지 가득 찼다.

✦ 선순환 여행 프로젝트를
기획하다

　　점점 더 많은 사람이 내가 하는 여행에 관심을 두기 시작하며 동시에, 나는 이런 관심을 어떻게 더 좋은 방향으로, 더 긍정적이고 큰 영향으로 이끌지를 고민하게 됐다. 단순히 아름다운 곳을 여행하고 예쁜 사진을 찍는 데는 관심이 없었다. 좋은 호텔에 머물지도, 여행지의 먹거리를 두루 맛보지도 못하는 가난한 여행이었지만, 적은 여행 경비로 하는 여행은 그런 것과는 다른 많은 이야기를 만들었다.

　　어쩔 수 없이 하루에 1,000원인 싸구려 숙소에 머물고, 값싸고 다소 거친 길거리 음식을 먹고, 여행자 버스 대신 현지 교통수단을 이용했다. 이런 경험은 나의 시선을 아름다운 풍경만이 아닌 그곳에 사는 사람들에게로 돌리게끔 했다. 낯선 이들의 위로와 친절을 감사히 받을 수 있었고, 그들의 삶에 파고들어 여행하며, 그들이 내게 나누고 전하는 마음을 느낄 수 있었다.

그런 감사한 마음을 받으며 나 역시 마음을 전하고 싶었다. 여행하는 것만으로 여행지와 그곳의 사람들에게 도움이 될 수 있는 방법을 고민하기 시작했다. 마침 여행자 사이에서 '공정여행'이 화두였다. 공정여행은 여행지에 인위적인 영향이나 해를 끼치지 않고, 현지 문화를 존중하며, 예를 들면 외국계 호텔에 머물기보다 현지 주민이 운영하는 숙소에 묵는 방식의 여행이었다.

공정여행을 바탕으로 여행지에 도움이 될 수 있는 방안을 고민하며 자료조사를 하던 중 '크라우드 펀딩'에 대해 알게 되었다. '크라우드 펀딩'은 자금을 필요로 하는 수요자가 온라인 플랫폼을 통해 불특정 다수의 대중에게 자금을 모으는 방식인데, 현재는 대부분이 상품 지급형으로 바뀌었지만, 그 당시에는 공연과 예술 분야 등 주로 창작 활동에 후원하는 '후원형'과 공익을 위한 목적인 '기부형'이 대세였다. 크라우드 펀딩이 온라인과 소셜 미디어에 막 퍼지기 시작한 때였고, 개개인의 새로운 아이디어로 가득했다. 흥미로웠다. 이런 장점들을 섞으면 어떨까 생각했다. 대중이 나의 창작활동에 후원하면, 나는 그들에게 리워드를 제공하며, 또 그들의 이름으로 기부하는 선순환 프로젝트. '어쩌면 나의 공정여행에 더 많은 대중을 참여하게 할 수 있지 않을까?'라는 생각이 들며 계획을 구체화했다. 첫 공정여행 기획은 다음과 같았다.

크라우드 펀딩 : 작은 거인의 아프리카 종단 프로젝트

　모두 행복할 수 있는 공정여행. 내가 여행한 곳으로 후원자들이 기부하는 시스템을 만들고, 본격적으로 여행하며 그들의 메시지를 전했다. 단순한 여행이 아닌 프로젝트였다. 여행 기간 두 달, 준비와 리워드 기간 두 달. 넉 달이 넘는 기간 동안, 나는 후원자와 여행지 모두가 행복할 수 있는 방향에 대해 몰두했다. 펀딩 금액은 5,000원부터였다. 후원자들은 본인의 사진이나 전하고 싶은 글을 보내왔다. 나는 그것을 티셔츠와 스케치북에 옮겨 담았다. 후원자들의 얼굴이 빼곡하게 그려진(손수 직접 그린) 옷을 입고 그들을 대신하여 킬리만자로 정상을 등반하고, 영하 30도에 달하는 추위에서 그들의 꿈이

적힌 스케치북을 한장 한장 넘기다 동상을 입기도 했다.

그러나 후원자들의 꿈을 대신 이루고, 그들의 후원금을 대신 아프리카에 기부할 수 있었다. 수백 명이 전해 주던 감사 인사에 여행 전후로 글과 그림을 옮기던 수고로움이 씻겨 나갔다. 처음으로 진행한 프로젝트는 서툴렀지만, 나의 진심이 온전히 담겼다. 진심이 담긴 마음은 널리 퍼져갔다. 긍정적인 영향은 다른 젊은 여행자들에게까지 퍼졌다. 한동안 약간의 붐이 일 정도로 비슷한 프로젝트가 주변에 많이 생겨났다. 한 여행자는 내 여행에 영감을 받아 아프리카에 우물을 만드는 프로젝트를 성공적으로 진행했다.

프로젝트 관련 소통·관리·촬영·콘텐츠 제작·리워드를 몇 달간 홀로 준비하며 꽤 힘들긴 했다. 진행 과정에서 후원금보다 나의 개인 돈이 훨씬 많이 들어가는 바람에, 통장 잔고는 자꾸만 줄어갔다. 프로젝트를 진행하기 전에 최소 3년 정도는 이 분야에서 좋아하는 마음으로만 버티면서 돈 벌 생각 없이 활동하기로 마음먹었지만, 이 길이 맞는 건가 고민과 갈등을 반복했다.

그러나 나약하던 내가 킬리만자로에 올라, 사람들의 메시지를 전하고, 그들의 꿈을 응원하고, 나아가 그들 역시 나를 통해 꿈을 이루는 과정을 마주하며 감히 돈으로는 살 수 없는 마음을 얻었다. 프로젝트 이야기를 담은 책의 집필도 완료하고, 책의 인세는 후원자들 이름으로 전액 기부하며 프로젝트를 마쳤을 때는 내게 꿈을 알려준 '여행'에 큰 빚을 갚은 기분이었다.

내 마음은 그렇게 점점 성장하고 있었다. 여행이 줄 수 있는 긍정적인 에너지는 계속 만들어졌다. 곧바로 포털사이트 '다음'과 함께한 두 번째 프로젝트가 이어졌기 때문이다. 두 번째로 진행한 프로젝트는 어려운 형편 때문에 여행하지 못하던 20대부터 50대까지 각각 총 4명의 여행을 후원하는 것이었다. 내가 할 수 있는 건 글을 쓰고 사진을 찍는 것뿐이었지만, 내가 쓴 20편의 여행기 연재를 통해 1,000만 원 가까이 후원금이 모였다.

나는 프로젝트의 하단에 과거의 나처럼 형편이 어려워 여행하고 싶지만 그러지 못하는 사람들을 위한 프로젝트 기획을 설명했고, 사연을 모집했다. 수백 명의 지원자와 그들의 이야기 중 주옥같은 사연을 지닌 4명을 뽑아 미팅하고, 그들에게 여행 경비를 현금으로 지원했다. 프로젝트 후원으로 자녀와 함께 여행을 떠났던 50대 지원자는 그 후로 시간이 흘러 이제 십 년이 다 되어가는데도 종종 안부를 전해온다.

두 번째 프로젝트를 성황리에 마무리하고, 세 번째 프로젝트가 이어졌다. 아이디어는 아이디어를 부른다. 또 다른 방식의 크라우드 펀딩은 '여행의 배달'이라는 주제로, 외국에 있어 만나지 못하는 사람에게 소중한 마음을 전하는 프로젝트였다. 그리운 사람을 만나지 못한 마음을 담은 사연을 모집하고, 지원자와 내가 함께 떠나는 방식이었다.

어렸을 때부터 타향에서 공부하던 오빠에게 해주지 못한 것들이 아직도 마음에 남아있다는 사연(이야기)에서 착안한 프로젝트였다. 나는 두 명의 신청자와 함께 말레이시아와 브루나이로 떠났고, 그들의 인연을 만나 소중한 선물을 건넸다. 다시 보지 못할 거라 생각하던 소중한 인연들이 서로 만나 기뻐하는 모습에 기분 좋은 성취감이 쌓였다. 재밌는 일들을 꾸준히 만들어야겠다는 생각이 들었다.

여러 가지 프로젝트를 진행하며 금전적으로는 손해를 봤다. 경비의 일정 부분을 내가 부담했고, 프로젝트 이전부터 진행과 이후 리워드까지 들인 시간도 상당했다. 한편으로 나를 알릴 수 있는 기회이기도 했다. 첫 번째는 '와디즈(Wadiz)', 두 번째는 포털사이트 '다음' 메인, 세 번째는 〈스브스뉴스(SBS NEWS의 뉴 미디어 브랜드)〉처럼 대중에게 인지도와 영향력이 높은 미디어에 나를 노출하고 홍보할 수 있었기 때문이다.

　스스로 옥죄며 목적 없이 인생을 걸어가던 예전의 나는 더 이상 없었다. 그리고 신기하게도 세상에 긍정적인 영향을 줄수록 악플과 염려 대신 응원과 지지의 시선이 나를 따라왔다. 세상에 도움이 되는 프로젝트를 할 때마다 우후죽순 올라오던 기사에서 악플을 찾아내기가 점점 힘들었다. 여행기를 구독하던 독자들이 애정을 담아 지어준 '작은 거인'이란 수식어에 걸맞게 나는 좀 더 당차게 움직이기 시작했다.

✦ 첫 포트폴리오를
만들다

언제까지나 돈을 벌지 않고 여행 관련 프로젝트를 지속하기란 버거웠다. 여행을 직업으로 삼고 싶었지만, 책을 냈다고 해서, 그 책이 다행히 잘 되었다고 해서 기다렸다는 듯이 냉큼 나에게 여행 관련 일을 주고 고용하는 곳은 없었다. 세상에는 너무나 많은 여행기가 쏟아져 나왔으니까. 많은 지자체와 관광청, 여행 관련 기업이 이미 노련한 여행작가와 업무를 진행하고 있을 터였다. 그 세계를 뚫는 게 어렵게만 느껴졌지만, 배고픈 자가 우물을 파는 것이니까.

나는 부름을 기다리는 대신 스스로 찾아가기로 마음먹었다. 나의 이야기를 여행 관련 회사들에 전하는 게 첫 번째 계획이었다. 포트폴리오가 필요했다. 여행을 좋아하는 나와 같은 또래인 20대에겐 나의 여행 이야기가 서서히 퍼지고 있었지만, 여행 업계 관계자들에겐 여전히 초면이었을 것이다. 내가 어떤 사람이고, 어떤 일을 할 수 있는지 그들에게 좀 더 알리고 싶었다. 나를 알리는 가장 좋은 방법은 포트폴리오를 작성하여 이를 공유하는 것이었지만, 포트폴리오에 적을 이력은 초라하기만 했다.

- 출간 도서
- 아프리카 종단 프로젝트

쓸 게 단 두 가지뿐인 포트폴리오였으니 말이다. 내가 고용주 입장이라도 딱히 끌리지 않을 이력이었기 때문에 우선 포트폴리오를 채워야 했다. 나는 스스로 장소를 대관해 사람을 모으고, 무대에 올라 나의 여행을 이야기했다. 100명을 모은 날도 있다.

대관료가 싼 서울 시민청을 빌려서, 당시 구독자가 많던 페이스북에 신청 링크를 올리는 방식이었다. 작은 독서모임부터 강원도에 있는 군대나 청년 행사까지. 강의료가 0원이라도 어디든 달려갔다.

강의 경력을 통해 어느 정도 포트폴리오가 빼곡하게 채워지자, 그다음부터는 다른 여행작가와 차별성을 두고, 오직 나만 할 수 있는 것에 집중했다. 지금 생각해 보면 차별화로부터 시작된 것이 콘텐츠 크리에이터로서의 길이었다. 여행에 관한 콘텐츠를 통해 사람의 반응을 즉각적으로 이끄는 것은 내가 가장 잘하는 일이었다. 단순히 여행하고 글 쓰는 사람이 아니라 여행을 이끄는 사람.

글 쓰는 작업 외에도 사람들이 좋아하고 궁금할 만한 것들을 온라인 콘텐츠로 제작하는 일을 멈추지 않았다. 저렴한 숙소를 예약하는 방법, 배낭여행 짐을 알차게 싸는 방법, 항공권 사는 방법, 알려지지 않은 여행지의 매력적인 모습들 같은, 많은 이가 호기심 있을 만한 주제의 콘텐츠를 만들었다. 여행을 준비하는 사람들에게 도움을 준다는 사실만으로도 마음이 벅찼다. 온라인 콘텐츠의 가치가 높은 시기가 아니어서, 지금처럼 콘텐츠의 수익화가 보편화될 줄은 당시의 나는 몰랐지만, 나를 통해 누군가는 용기를 얻어 여행을 떠난다는 사실이 뿌듯했고, 잘 알려지지 않은 나라에 더 많은 여행자를 불러들인다는 사실이 감격스러웠다. 네이버에 인도나 우크라이나를 검색하면 연관검색어에 내 이름이 따라오고는 했는데, 새삼 콘텐츠의 힘이 대단하다는 생각도 들었다. 여행을 알리는 새로운 방법에 관한 막연한 기대감이 들었다.

내 페이스북 계정은 점점 더 구독자가 늘어 5만 명이 훌쩍 넘었다. 잘 만든 여행 이야기와 알찬 여행 정보로 입소문이 나서, 기업이나 기관 같은 단체 계정이 아닌 개인 계정임에도 몇천 개~몇만 개의 '좋아요'에 도달한 게시물도 있었다. 나는 페이스북에서 팔로워 등과 소통한 인터랙션을 캡처하여 포트폴리오를 더 풍성하게 채울 수 있었다. 그렇게 채워진 나의 포트폴리오는 다음과 같이 말하고 있었다.

나는 이렇게 도달률이 높은 양질의 콘텐츠를 만들 수 있는 사람입니다. 고용해 주신다면 무엇이든 여행을 바탕으로 창의적이고 대중적으로 인상 깊은 콘텐츠를 만들 수 있습니다.

블로그는 주로 검색을 통해 사람들이 유입되고 꼼꼼한 정보성 콘텐츠가 블로그 성장에 큰 도움을 주지만, 페이스북의 알고리즘은 검색 없이도 재밌는 스토리라면 콘텐츠가 쉽게 노출되도록 했다. 크리에이터와 팔로위의 상호관계도 달랐다. 더 긴밀했다. 소위 '페북스타'라는 말이 있을 정도로, 페이스북은 콘텐츠에 유입되더라도 팔로워는 콘텐츠뿐만이니라 크리에이터를 주목했다. 책으로 따지면 블로그는 가이드북, 페이스북은 에세이였다.

동시에 인스타그램과 유튜브도 운영하기 시작했다. 유튜브는 몇 편 안 찍고 그만두었다. 올릴 만한 영상을 만들기 위해 하루 종일 카메라를 드는 것은 여행을 지치게 했고, 화면 속 내 모습이 너무 인위적으로 느껴졌기 때문이다. 당시 유튜브는 블루오션이었지만, 여행 일에 지쳐버린 내 모습이 쉽게 상상되었다.

반면 인스타그램은 달랐다. 쉬웠다. 사진 위주의 플랫폼이라는 것이 옛날의 싸이월드처럼 느껴져 도리어 신선했다. 처음에는 단순히 일기처럼 일상 사진들을 올리다, 약간의 팔로워가 생기자 본격적으로 여행 이야기를 담기 시작했다. 인스타그램의 시작과 함께 사진의 중요성을 깨닫고, 사진 강의를 들으러 다녔다. 본격적인 콘텐츠 크리에이터로서의 삶이 시작된 것이다.

그렇게 만든 초창기 포트폴리오를 지금 보면 아등바등 초보 여행N잡러의 삶을 막 시작하며 애쓰던 내 모습이 떠오른다. 당시에는 쉽지 않았다. 많이 고민했고, 좌절했고, 종종 어려움을 느낀 그 시간 덕분에 여행을 즐기고 일로 삼아 살아갈 수 있는 지금의 여행N잡러, 안시내가 있다고 생각한다.

✦ 안녕하세요, 스카이스캐너입니다

      강의 경력과 페이스북 게시물을 활용한 포트폴리오를 만들며 콘텐츠 크리에이터의 길에 들어서긴 했지만, 시작 이후도 쉽지 않기는 마찬가지였다. 많은 여행 관련 회사에 포트폴리오를 첨부한 이메일을 보냈지만, 회신은 적었고 그마저 대부분 정중한 거절의 내용을 담고 있었다. 이미 마케팅 업무를 담당하는 직원이 있거나 마케팅 홍보대행사와 협업하고 있을 터였다.

      뭐라도 하자는 마음에 '저렴한 숙소 찾는 법', '나만의 가이드북 만들기' 등 특정 주제를 담은 여행 정보 콘텐츠를 페이스북에 계속 발행했다. 그중에는 당시 국내에 그리 잘 알려지지 않았던 외국계 기업 '스카이스캐너'에 관한 콘텐츠도 있었다. 스카이스캐너에 대한 게시

물이었지만, 해당 기업과 아무런 이해관계가 없는 상태
로 만든 콘텐츠였다.

항공권 저렴하게 구입하기

- 350만 원으로 떠난 141일
- 한국 → 말레이시아 12만 원
- 말레이시아 → 인도 7만 원
- 인도 → 모로코 15만 원

350만 원으로 떠나는 141일간의 지구 반 바퀴 여행
에 대한 글을 보고 많은 사람이 의구심을 가진 부분은
비용이었는데, 세계여행에 든 비용에서 내가 남들보다
아낄 수 있던 부분은 항공권이었다. 항공권은 주식 같
다. 저렴한 시기가 있고, 유난히 오르는 시기가 있다. 그
래서 '손품'이 중요했다. 매일 보다 보면, 이 항공권을 사
야 할 타이밍을 유추할 수 있다. 갑자기 깜짝 할인 표가
풀리는 기간도 많기 때문이다. 당시에는 개별 항공사나
여행사 홈페이지를 통해 항공권을 구입하던 때였는데,
매일 모든 항공사 사이트에 들어가 보는 것은 상당히 번
거로운 일이다. 구글에서 여행 정보를 디깅하다 아직은

한국에 유명하지 않던 스카이스캐너를 발견했다.

스카이스캐너는 여러 항공사의 항공권을 한 번에 조회할 수 있는 사이트다. 출발지를 '대한민국'으로 도착지를 '어디든지'로 설정하면, 그 날짜의 가장 싼 항공권부터 순서대로 잡아주었다. 저가항공부터 국적기, 해외항공사까지 안 잡아주는 것이 없었다. 나는 내가 잘 이용한 이 좋은 사이트를 알리고 싶었고, 사람들이 늘 묻던 '어떻게 이렇게 저렴한 비용으로 항공권 구입이 가능할까?'라는 물음에 답하기 위해 '스카이스캐너로 항공권 저렴하게 구입하기' 콘텐츠를 제작했다.

내가 제시한 여행 경비에 의구심이 있던 사람들은 궁금증을 해소한 후에 나의 콘텐츠를 여기저기 퍼 나르기 시작했다. 나 역시, 다음과 네이버의 여러 온라인 여행 카페에 해당 글을 게재했고, 댓글과 이메일을 통해 문의는 폭주했다. 마치 내가 그곳의 마케터가된 것마냥 마음이 들떴다. 내가 애정하는 브랜드를 홍보할 수 있다니! 결국 이 콘텐츠는 스카이스캐너 마케팅 담당자에게까지 닿아서, 그는 나를 언급하며 이런 방식의 마케팅이 있다는 글을 개인 블로그에 포스팅했다. 얼마 후, 그는 내게 스카이스캐너 광고 협업을 제안했다. 함께 영상을 만들자는 것이다. 첫 광고 제안이었다. 당시의 나에게는 무척 크게 느껴지는 금액이었고, 나는 들뜬 마음을 숨기지 못하고 담당자에게 너무 좋다는 의사를 전했다.

첫 광고는 보통의 방식과 좀 달랐다. 촬영팀이 따로 붙는 광고였지만, 전체적인 구성안은 내가 기획했다. 실제로 내가 메던 배낭을 촬영장에 들고 왔다. 요즘 유튜브에서 자주 보이는 '왓츠 인 마이 백(What's in my bag)' 콘텐츠처럼 여행자 안시내는 40리터의 커다란 배낭을 펼쳐두고 배낭 속 물품들을 소개하기 시작한다. 반찬통에 담긴 비누와 이태리 타올, 빨래 건조대로 대신 사용하는 운동화 끈, 심을 뺀 휴지 같은 것들을 꺼내며 꿀팁들을 소개하며 항공권 저렴하게 구입하는 법을 알려주는 짧은 영상을 만들었다. 영상을 편집할 줄 몰라, 촬영팀과 편집팀이 붙은 게 아쉬웠지만, 꽤 주도적으로 광고를 만들 수 있었다.

영상은 온라인에 릴리즈되었고, 배우나 모델이 아닌 여행자가 소개하는 여행 꿀팁 영상은 여행에 대한 신선하면서도 날것의 정보를 찾던 사람들의 마음을 저격했다. 유명한 연예인이 휴양지에서 예쁘게 웃고 좋은 것만 맛보는 영상이 아니라, 자유 여행자가 여행 중 실제로 사용하던 물품(대용량 라면 스프, 빨래 끈 대용인 운동화 끈, 심을 뺀 두루마리 휴지 등)을 소개하며 항공권을 사는 모습을 보여주니 영상의 조회수는 소위 '터질' 수밖에!

스카이스캐너와 자주 일하게 된 것은 덤이었다. 그 후로도 오랫동안 스카이스캐너와는 인연이 이어져 수차례의 강의, 인터뷰, 각종 행사와 온라인 콘텐츠 제작을 함께했다.

스카이스캐너 사이트에서는 아직도 내 인터뷰를 확인할 수 있다. 인터뷰의 마지막에 나는 유저들에게 다음과 같은 말을 전했다.

항공권부터 예약하길 바랍니다. 환불이 안 되는 것으로요! 대책 없는 여행을 떠나라는 것은 아니에요. 일단 시작해야 나머지 일들이 저절로 따라오기 때문에 추천하는 것이에요. 계획부터 세우다가 겁이 난다고 포기할 수도 있으니까요. 항공권 먼저 예약한 후에 계획을 세워보시기를 바랍니다.

무엇이든 저질러 놓고 보는 20대의 안시내는 참으로 당돌했다.

첫 영상을 시작으로 배낭회사, 숙박 예약 업체, 여행

사 등 많은 회사에서 내게 협업을 제안해 왔다. 씹는 고체 치약회사에서도 내게 광고모델을 제안했다. 한 여행 숙박 예약 업체에서는 내게 월 급여 제공을 제안하며 페이스북 페이지 운영을 맡기기도 했다. 나의 콘텐츠가 세상에 통하고 있었다!

그쯤 여행 업계가 바뀌기 시작했다. '콘텐츠 크리에이터'라는 말이 귀에 잘 들리기 시작했다. 여행책을 쓰는 여행작가와 여행 관련 영상을 작업하는 '콘텐츠 크리에이터'가 이전보다 명확하게 갈라지고 있었다. 두 분야 일 또는 직무는 여행을 다룬다는 것 외에는 세부적으로 판이했기 때문이다.

당시 여행 분야에서 내 포지션은 상당히 애매했다. 여행작가 사이에서 나는 선배들로부터 귀여움을 받는 막내였지만, 여행 크리에이터들에게는 여행 분야의 전문가이자 시조새 같은 대상이었다. 그러나 장점이 더 컸다. 작가로서의 활동과 크리에이터로서의 활동을 다 아우를 수 있는 것은 일의 파이프라인을 늘리는 데 도움을 주었다. 여행이라는 큰 틀에서 서로 다른 두 가지의 일을 다 하고 있던 나는 다양한 분야의 사람과 다양한 행사에서 어울릴 수 있었다.

내가 여행업에 뛰어든 초기에는 분명 여행 업계에서 주최하는 행사는 여행작가·PD·파워블로거들로 채워졌는데, 어느 순간부터 그들의 자리를 인스타그래머, 유튜버처럼 영상을 다루는 콘텐츠 크리에이터들이 대신하고 있었다.

여행 업계의 변화와 더불어 출판 시장도 달라진 게 느껴졌다. 인스타그램, 유튜브를 통해 성공해야 책을 쓰고 출판하기가 용이해졌다. 출판계에서도 여행 업계처럼 영상 제작자에게로 눈을 돌리고 그들을 저자로 섭외하려는 흐름이 이어졌다. 행사장에서 본 대부분의 크리에이터가 속속들이 책을 출간하기 시작한 걸 확인할 수 있었다.

그때나 지금이나 여행 업계는 계속 변하고 있다. 앞으로도 변화를 거듭할 게 분명하다. 빠르게 트렌드가 변하는 여행 시장에서 그리고 여행을 글로 다루는 여행작가 시장에서 나는 어느 것 하나 소홀히 할 수 없다.

패나 성실한 프리워커의 매일을 살아가고 있다. 아침과 점심 사이에 일어나 간단히 밥을 챙겨먹고 짐을 챙겨 카페로 나선다. 해외 출장에 꼭 필요한 회화 실력을 위해 간단히 영어와 일어를 공부한다. 온라인으로 새로운 여행 콘텐츠들을 확인하고, 최근에 다녀온 여행 사진을 보정하고, 인스타그램에 남길 글을 작성한다. 저녁이 되면 집으로 돌아와 간단히 밥을 먹고 매달 있는 강의의 자료를 장소에 맞게 수정한 후, 기고 건들을 작성한다. 밤 10시가 되면 온라인을 통해 만든 글쓰기 모임에 접속해 글 한 편을 남긴다. 읽고 싶던 책을 읽고, 다시 노트북을 열어 늦은 새벽까지 원고를 마무리한다. 일주일에 사나흘은 이런 일상을 보내고, 나머지는 보통 국내나 해외 출장을 떠나있다. 언제 어떤 일이 생길지 몰라서 섣불리 약속도 잡지 못한다.

친구들은 내 느린 성격을 들어 나를 가장 닮은 동물로 '나무늘보'를 꼽곤 한다. 스스로 주는 휴일에는 신기할 정도로 침대에만 있기 때문이다. 꾸준한 일상을 채우는 건 어려운 일이지만 이제는 제법 익숙해진 일상의 루틴을 해결하며 나는 내가 설 자리에 대해 고민하고, 여행을 대하는 것도 소홀히 하지 말자고 다짐한다. 다양한 일을 동시에 하며 지금 이 순간에도 나만의 색으로 원하는 삶을 채워가고 있다. 원하는 일을 지속해서 하기 위해서.

✦ **포트폴리오는
더 많은 일을 불러온다**

　　프리워커 시장에서 포트폴리오는 강력한 무기다. 프리워커라면 업종을 불문하고 포트폴리오를 만드는 게 필수인데, '노션(Notion)'으로 포트폴리오를 제작하는 것을 추천한다.

　노션은 요즘 프리워커에게 없으면 안 될 문서 아카이빙 애플리케이션이다. 메모부터 문서, 공개 게시물 등을 노션의 페이지 안에 간단하게 엮을 수 있다. 내가 만든 작업물을 쉽게 공유할 수 있고, 다른 페이지로도 쉽게 연동되니 프리워커 외에도 신생 스타트업 등의 기업에 이미 잘 알려져 있다. 노션을 쓰는 기업이나 사람을 만날 때마다 나는 생각한다. '오, 센스 있는데?'

　나 역시 과거에는 PPT 기반의 포트폴리오를 만들어

서 사용했는데, 매 분기 추가된 작업 결과물을 모아 갱신해야 하는 게 번거로웠다. 읽는 이의 입장에서 봐도 용량이 큰 파일을 다운받고 열어서 보기까지 상당히 번거로웠을 것이다. 그래서 요즘 나는 나의 커리어를 정리하고 보여주는 데 노션을 활용하고 있다.

노션은 만들기 쉬운 게 가장 큰 장점이다. UI가 간략하여 작업물을 쉽게 이미지화할 수 있어서, 한눈에 보기 편하다. 한 번의 수정으로 모든 디바이스에 적용할 수 있다. 링크 하나로 어디서든 어디로든 포트폴리오를 전달할 수 있다. 즉각적 업데이트가 1분~몇 분 내로 가능하니 빠르게 작업물을 반영하여 포트폴리오를 금세 채울 수 있다.

언젠가 미팅에서 담당자가 갑작스레 내게 작업물을 보여달라고 요청했는데, 하필 인터넷 속도가 너무나 느린 카페에 있었다. 미팅 직후 인터넷 환경이 좋은 공간에서 담당자의 카톡으로 달랑 노션 링크 하나를 전송했고, 담당자는 그동안 내가 작업해 온 콘텐츠들과 이룬 성과들에 대해 빠르게 확인할 수 있었다. 손쉽게 나를 검증해 보일 수 있었다.

PPT로 만든 포트폴리오와 다르게 쉽게 수정할 수 있

어 더욱 유용하다. 하나의 프로젝트나 업무를 끝내고 나면 사이트에 접속해 간단히 내가 한 일을 추가한다. 노션을 사용하기 전까지는 매년 포트폴리오를 새로 제작하는 데 상당히 많은 시간을 할애했는데 시간이 절약됐다. 보는 이에게는 한눈에 들어오는 직관적인 구조가 페이지를 일일이 넘기는 번거로움을 생략해줘 편리하다.

각종 여행 관련 업무로 나를 섭외하려고 포트폴리오를 요청하는 담당자에게 내가 빠르고 간편하게 주고받을 수 있는 노션 포트폴리오를 보내면 놀라곤 했다. 유튜버 '알로하 융(정혜윤 작가)'의 '노션으로 포트폴리오 만들기' 영상을 참고하여 만들어보길 추천한다. 잘 정리된 포트폴리오는 자신감을 불러와 계속해서 나아갈 힘과 '일'을 건네줄 것이다.

여행작가 안시내

안녕하세요. 여행작가 안시내입니다!

여행하고 글을 쓰며 살아요.

다양한 미디어에 기고하며, 글쓰기와 여행에 관해 강의합니다.

방송 활동과 콘텐츠 제작도 함께하고 있어요.

재미난 일이라면 뛰어들고 봅니다. 함께 만들어 가요!

- 연락처: sculpture0512@daum.net

저서

- 《악당은 아니지만 지구정복》: 한국출판문화산업진흥원 청소년 권장 도서. 350만 원 141일 지구 반 바퀴 여행 이야기.
- 《우리는 지구별 어디쯤》: 크라우드 펀딩, 아프리카 잠비아 루프완야마 지역 인세 전액 기부 프로젝트.
- 《멀리서 반짝이는 동안에》: 시베리아 횡단 열차를 타고 경험한 유럽 여행 이야기.
- 《어디에나 있고 어디에도 없는》: 어디에나 있지만 어디에도 없는 위로를 담은 산문집.
- 《우리의 단어가 편지가 될 수 있을까》: 독립출판 프로젝트.

방송

- 채널 A 〈김현욱의 굿모닝〉 고정 출연

- 경인 방송 〈우리 동네 한바퀴〉 고정 출연

- SBS 다큐 〈힘내라, 청춘〉 출연

- 문화재청 유튜브 〈그곳에, 핌〉 정기 출연

언론 인터뷰

- 서울신문이 만난 사람_신세대 여행가 안시내

- 조선 topclass_크라우드 펀딩으로 아프리카 여행

- YTN 인물의 정석_350만 원으로 지구 반 바퀴 돈 여대생

- 채널예스_꿈꾸는 여행가 안시내

- 그 외에 〈에이비로드〉, 〈중앙일보〉, 〈한경 잡앤조이〉, 〈이데일리〉, 〈채널 A〉 등

광고 모델

- 스카이스캐너

- LG(Think Q 청소기 / v10 / GRAM 노트북)

- 솔테라피

- 체코 관광청 알폰스 무하 챌린지 뮤즈

- 싱글톤 2022-2023 앰배서더

강사

- 동국대학교 평생교육원 여행작가 아카데미 강의

- 대한민국 국제 관광박람회 강의

- 고려대, 포항공대, 서울시립대, 성균관대, 강원대, 충북대, 등
  30여 개 대학 특강

- 부산인재개발원 신규 공무원 대상 인문학 강의

- 대구시 청년 여행작가 아카데미 강의

- 시민청 서울 시민 연말 축제 여행 토크 콘서트

- 샘소나이트, 청정원, 스카이스캐너 등 1인 미디어 강의

- 강남 1인 가구 커뮤니티, 성동구청 등 청년 강의

콘텐츠 제작

- 오스트리아 · 체코 · 홍콩 · 일본 관광청 콜라보레이션 콘텐츠

- 인천 관광공사 X 인천 e지 인천 오디오 가이드

- 삼성 플레이 더 챌린지 스토리 콘텐츠

- YES24 전시 콘텐츠

기고

- 삼성 갤럭시 전시장 여행문

- 대한민국 독서대전 격려 콘텐츠

- 인케이스 크리에이터 라이프스타일 '인터섹션'

- 애경 그룹, 365mc 등 회사 내 사보
- 한국 관광공사 '대한민국 구석구석' 남해 콘텐츠
- 광주문화재단 뉴스레터
- 전주시 여행작가 안시내가 소개하는 전주 문화 예술 관광지
- 남해관광재단 '남해로의 랜선 대탈출' 남해 여행 라이브
- 세계유산도시기구 〈스리랑카 도시유산 여행집〉

기타 활동

- 하나투어, 모두투어, 옥션 투어 안시내 작가와 여행 기획
- 와디즈 '아프리카 여행' 잠비아 루프 완야마 마을 기부 프로젝트 진행
- 다음 스토리 펀딩 프로젝트 여행 기부 프로젝트 진행
- 영화 〈카오산 탱고〉 GV 진행
- 카카오 쇼핑 라이브커머스 세인트존스 호텔 편 진행
- OWHC 세계유산도시기구 쑤저우 국제회의 한국 대표
- 제2회 아세안(ASEAN) 영화주간 토크쇼 패널

이처럼 노선 포트폴리오를 만들었다면, '링크트리'도 잊지 말자. 페이스북이나 인스타그램에는 링크를 걸 수 있는 수가 제한되어 있고, 링크가 길 경우에는 지저분해 보이는데, 링크트리로 SNS 정보란에 딱 하나의 링크만

걸어 놓으면, 단순하고, 명료한 소개 자료가 된다.

linktr.ee/sinaeannn

　깔끔하지 않은가. 정보 소비자는 한눈에 모든 게 들어오는 노션 링크를 통해 간편하게 콘텐츠를 소비하고, 제공자는 원하는 정보에 대한 도달률을 높일 수 있다(무엇보다 노션과 링크트리의 기본적인 기능이 무료라는 점이 매력적이다).

✦ 내 가치는
스스로 높인다

불과 몇 년 전까지 재능기부가 당연했다. 세상은 청년의 노동 가치를 너무도 쉽게 여겼다. 나 역시 오래도록 겪었다. 청년 단체에서 청년 강연자로 재능기부를 수없이 했다. 내가 재능기부로 강연한 단체에서 일하던 청년들도 대개 재능기부자였다. 간혹 기고도 무료로 요청하는 곳이 있었다. 재능기부로 진행하는 일일수록 일을 진행하는 담당자가 권위적인 경우가 많았고, 재능기부를 하면 도리어 강연자로서, 작가로서 더 좋지 않은 대우를 받곤 했다. 교통비도 지원해주지 않는 곳이 많아서 하면 할수록 손해인 적이 많았다.

그럼에도 재능기부를 요구하는 사람도 재능기부를 하는 사람도 여전히 있다. 특히나 요즘 영상 공모전은 재능기부의 밭이다. 영상 공모전의 상금이 낮은 편은 아니지만, 소수에게만 지급된다. 공모전을 통해 지급되는 총상금보다 개인 크리에이터에게 영상 제작을 맡길 때의 단가가 더 높은 경우가 많으니 슬픈 일이다. 공모전에 지원하는 많은 사람이 제작비 지원 없이 사비를 써서 영상을 만들고, 인스타그램이나 유튜브로 제출한다.

'좋아요'나 조회수를 선정 기준으로 삼는 곳이 많기에, 많은 사람이 가짜 '좋아요'와 가짜 조회수를 사들이니 정당한 경쟁이 되지 않는다. 그렇게 수많은 영상이 올라오면, 개최하는 기업이나 개최자 입장에서는 가성비 좋은 마케팅이 될 터다. 사실상 대부분의 당선자는 소위 '공모전 킬러'라고 불리는 능력자로 공모전에 참여하는 사람들인 것도 맹점이다. 공모전 킬러가 대부분의 공모전을 전문적으로 휩쓰니 순수한 의도로 공모전에 참여했다면 상처받을 가능성이 크다.

최근 크리에이터가 급격히 증가하며 관광청이나 지자체 등에서 무료 기고 및 취재가 빈번히 발생한다는 소식을 들었다. 옛날에는 비용을 지급하던 곳에서도 지원자가 많아지니 방식을 바꾸었다. 나 역시 섭외가 들어왔던 곳에서 해외 일정과 원고를 요청해서 알맞은 대가를 요구했더니 "다른 분들은 공짜로도 가신다던데"라는 당황스러운 멘트를 들을 수 있었다(듣고 바로 거절했다).

크리에이터가 단순히 '공짜 여행'을 한다고 생각할 수 있겠지만, 당연하게도 아니다. 많은 크리에이터가 여행비에 상응하는 시간과 노력을 쏟아부어 콘텐츠를 제작하고 있다. 그리고 이러한 무료 콘텐츠의 제공을 당연시하는 분위기는 장기적으로 여행 시장을 죽이는 일이기에 더욱 안타깝다. 무료 콘텐츠는 여행을 산업적으로 수익화할 수 없는 구조를 만들기 때문이다. 크리에이터를 직업으로 삼기에 더 어려워질 수 있다.

나는 많은 크리에이터가 좀 더 정당한 대가를 받길 바란다. 그래서 재능기부보다는 최소한의 가치라도 인정해 주는 '크몽', '숨고'와 같은 재능 판매 온라인사이트를 이용하길 추천한다. 해당 플랫폼에서는 무형의 서비스에 대한 가격을 측정해 제품화할 수 있다. 초보자부터 전문가까지 다양하게 포진해 있어서 부업으로 하기에도 쏠쏠하다.

처음 내 역량의 가치는 누군가 가격을 매기고 사기에는 낮을지 모른다. 그러나 하나둘 작업물을 만들어내고, 이것으로 포트폴리오를 채워간다면 나와 나의 재능이

지닌 단가(가치)를 스스로 높일 수 있다. 시장 원리는 단순하다. 누군가 살 만한 재능을 만들어서 팔게 된다. 훌륭한 재능은 누군가의 구매력을 이끌 것이고, 나의 실력이 내 가치를 창출할 것이다. 조금씩, 조금씩 실력을 높여가다 보면 즐거운 마음으로 적절한 가치를 인정받으며 일할 수 있는 날이 올 것이다.

2

좋아하는 일을 ————

넓혀 가기로 했다

여행과 관련된 직업은 '여행'이라는 단어 때문에 낭만적으로만 보일지도 모른다. 그러나 여행을 '직업'으로 선택한 이상 낭만은 잠시 접어둬야 한다. 여행이라는 직장에 출근하는 마음가짐으로 스물부터 서른까지 자그마치 10년을 버티며 달려왔고, 변화하는 여행 트렌드를 꾸준히 맞추고 있다. 이런 내게 '직업'이란 어떤 행위의 결과로 금전적 수익과 사회적 기준에서 결과물을 취할 수 있는 것을 의미한다. 그런 까닭에 나는 세 번째 책이 나왔을 때, 비로소 스스로 여행작가라고 떳떳하게 말할 수 있었고, 약 50번의 강의를 하고 나서야 강사를 나의 직업이라고 할 수 있었다. 글쓰기와 더불어 강의는 내가 가장 사랑하는 일이다. 글로 마음을 전할 수 있는 책처럼, 말로 마음을 전할 수 있기 때문이다.

여행이라는
일
✦

✦ 여행작가가 여행만 하고, 글만 쓰는 건 아니다

"너처럼 여행하고 글만 쓰고 살면 얼마나 좋을까?"

여행작가로 살며 자주 듣게 된 말이다. 많은 사람이 이렇게 바라는 것처럼 좋아하는 여행을 하고, 좋아하는 글만 쓰며 살아가면 좋겠지만, 이건 불가능에 가깝지 않을까. 내가 보기에 우리나라의 글 값은 안타까울 정도로 저렴하다. 이토록 저렴한 글 값은 내가 대한민국의 모든 전업 작가를 존경하는 이유이기도 하다.

많은 여행작가에게는 본업이 있다. 주위에는 방학마다 여행을 떠나 책을 내는 선생님, 대기업을 다니는 직장인(유난히 광고 및 카피라이터 직군이 많다), 소설가, 게스트하우스를 운영하며 때로는 독립서점을 작업실로

운영하는(나도 한때 꿈꿨으나 얼마나 고된지 듣고는 포기하였다) 여행작가 등이 있다. 본업이 있는 만큼, 그들 대부분 여행작가가 생계 수단은 아닐 것이다.

직업의 사전적 의미는 '생계를 유지하기 위하여 자기 적성과 능력에 따라 일정한 기간 계속하여 종사하는 일'이다. 이 정의에 따르면 여행책을 출간한 사람 중에 여행작가라는 '직업'의 정의에 포함될 사람은 몇이나 될까. 손으로 꼽을 정도일 것이다. 여행책을 출간했다고 갑자기 기고 요청이 들어오거나, 연봉을 채울 만큼의 인세가 들어오는 건 쉽지 않기 때문이다. 게다가 책 한 권을 만들기 위한 취재비 및 여행비용은 모두 스스로 충당해야 하는 경우가 많다. 이런 이유로 전업 여행작가로만 살기는(생계를 유지하기에는) 녹록지 않다. 나도 종종 원티드 같은 구인·구직 사이트를 들락날락하니 말이다.

기고문의 고료는 저렴하게는 10만 원부터 많아야 50만 원 선이다(간혹 사기업의 경우 마케팅 측면에서 더 많은 고료를 지급하긴 하지만 가물에 콩 나듯 들어온다). A4 2장을 채우기 위해서는 몇 날 며칠을 온전히 글에만 매달려야 한다는 건 글을 써본 사람이면 다 알 것이다. 책의 인세는 일반적으로 10%고, 신인 작가의 경우에는 이보다 더 낮게 책정되기 마련이다. 책 한 권을 15,000원이라고 가정하면 작가가 가져가는 인세는 권 당 1,500원이다. 요즘 일부 출판사에서는 초판 2,000부만 팔아도 소위 중박을 쳤다고 할 정도인 출판 시장의 현황도 고려해야 한다.

나의 경우에는 인세로 들어오는 수입이 적지 않은 편이다. 《악당은 아니지만 지구정복》은 두 달이 넘도록 교보문고 베스트셀러 매대에서 내려오지 않았고, 이제는 스테디셀러로 자리 잡고 있다. 이처럼 해당 해에 출간된 여행도서 중 가장 '잘' 팔린 책의 저자임에도 여전히 인세만으로 살아가기는 어렵다. 《악당은 아니지만 지구정복》처럼 몇만 부씩 판매되는 책이 매번 출간되면 좋겠지만, 매년 대박 책을 쓰는 건 현실적으로 어렵다.

게다가 여행서는 트렌드에 민감한 장르로, 해가 지나고 철이 지날 때마다 많은 여행책이 빠르게 매대에서 서가로 옮겨간다. 서가로 들어가는 순간 책의 생명력은 흐릿해진다고 볼 수 있는 만큼(매대에 있어서 표지가 바로 보이는 것보다 서가에 꽂혀 책등만 보이면 그만큼 독자의 눈길을 끌기가 어려우니), 여행책이 오래도록 살아남기는 쉽지 않다. 생명력을 잃은 나의 책들 역시 슬슬 서가에 꽂

히기 시작했다.

여행책을 낸 지 시간이 꽤 지나면 몇십만 원 정도의 돈이 인세라는 명목으로 입금된다. 출간한 지 오래된 책의 경우, 몇만 원이 들어온 적도 있다. 같은 업으로 살아가는 사람들은 책이 돈을 벌기 위한 수단이 아니라, 신간을 기다려 주는 독자에 대한 의리라고 한다. 비단 여행작가만의 문제가 아니다.

이미 에세이스트로서 고지에 오른 임경선 작가의 《자유로울 것》에서 그는 책 인세, 미디어 기고 원고료, 행사 및 강연료가 합쳐져야 회사원 정도의 수입을 올릴 수 있다고 한다. 강의하는 것보다 글 쓰는 것을 훨씬 사랑하는 작가지만, 지속해서 쓰기 위해 어쩔 수 없음을 토로했다. 소설가로 유명한 장강명 작가의 《책 한번 써봅시다》에도 비슷한 이야기가 나온다. 어느 저자의 인세와 강연 수입을 비교 분석해 봤더니 대략 1 대 3의 비율이더라는 것이다. 나는 대학 시절 장강명 작가의 특강에 참석해 작가로서의 삶에 대해 물은 적 있다. 그는 그가 쓴 책 속의 내용과 비슷한 이야기를 했다. 그도 결국 강의와 기고에 관해 토로하는 방향은 비슷했다. 이렇게 '글발' 날리는 작가들도 글로만 먹고 살 수 없다니 참담

한 기분이 들기도 한다.

　일반적으로 작가의 주요 수입원은 인세, 기고료, 강의료다. 여행N잡러인 나의 경우에는 인세, 기고료, 강의료, 방송 출연료, 콘텐츠 제작료, 인스타그램 광고료, 독자와 함께하는 여행으로 비롯된 비용 등이 수입원을 이룬다. 여행으로 할 수 있는 모든 일을 다 해야 하고, 모르는 일도 처음부터 배워서 해내야 하는 게 힘들다.

　조금만 나태해져도 바로 뒤로 밀려날 수 있는 여행 시장이기에 도무지 긴장의 끈을 놓을 수 없는 것도 어려운 점이다. 바야흐로 다능인의 시대지만, 나 역시 이렇게 다양한 일을 많이 하게 될지 몰랐다. 이렇게 많은 일을 해야 살아남을 수 있을지도 몰랐다. 그러나 다양한 분야로 하는 일의 폭이 넓어진다는 건 여행N잡러의 장점이기에, 나는 오늘도 여행으로 할 수 있는 모든 일을 다 한다.

✦ # 여행N잡으로 이렇게
이만큼 벌어들인다

　　팬데믹 이후 많은 게 바뀌었다. 2년 넘도록 계속된 코로나19로 인해 여행지에 관한 기고 문의가 급속히 줄었고, 자주 요청 받던 여행 강의는 요청을 받고 진행되다가도 집합 금지에 따라 취소되길 반복했다. 당장 들어오는 일들만 해치우고, 여행하며 자유로운 삶을 살던 나는 한 달 수입이 0원에 수렴하는 것을 몇 차례 겪고 생각을 바꿨다.

　　더욱 안정적인 파이프라인을 원하게 됐고, 프리워커로 오래 살아가기 위해서 지속적인 일을 따오는 게 필요하다 걸 깨달았다. 일시적인 일보다는, 수고에 비해 들어오는 비용이 적더라도 정기적인 일을 주는 곳을 선호하게 되었다. 수입도 월마다 천차만별이 되어 간혹 사람들이 건네는 여행작가의 수입에 관한 질문에도 모호하게 대답할 때가 많아졌다(물론 여행작가의 수입은 사람마다 역량에 따라 천차만별이다. 특히 여행 영상을 제작하는 유튜버의 수입을 들으면 입이 떡하고 벌어질 때가 많다. 극히 소수지만 영상 한 건으로 일반적인 직장인의 연봉만큼 버는 사람도 있으니 말이다).

10년 차 여행N잡러로 살아가는 동안 나의 수입(단가가 점점 높아진 거니 몸값이라고 할 수도 있겠다)은 꾸준히 증가했다. 여행 크리에이터란 직업이 존재하지도 않던 여행N잡러 2년 차까지는 글 몇 편을 기고한 대가로 월에 백만 원 정도를 버는 게 평균이었다. 기고와 함께 사진과 영상을 겸한 여행 콘텐츠를 만들고 본격적으로 강의를 시작한 3년 차부터는 수입이 늘었다. 적으면 월 300만 원부터 많게는 월 천만 원이 넘게 벌기도 했다. 언뜻 많은 돈을 버는 것 같지만, 매년 몇 달씩 시간과 돈을 오롯이 여행에 투자하느라(일과는 관련 없는 개인 여행) 1년 중 1/3은 수입 없이 큰 소비를 하니 마냥 많이 번다고 할 수도 없다. 지금의 나는 개인적인 여행보다는 일에 몰두하고 있어서 비교적 안정적인 수입을 얻고 있다. 평균적인 수입을 내는 달의 수입을 살펴보자.

일시적인 일

여행작가로서의 일

– 여행지 소개 프로그램 촬영 150만 원

– XX업체와 토크 콘서트 100만 원

– 도서관 글쓰기 강의 3회 150만 원

– 중학교 강의 1회 50만 원

– 라디오 출연료 16만 원

– H시 문화재단 기고 2건 100만 원

인스타그램 광고 or 콘텐츠 크리에이터로서의 일

– XX기업 여행용 화장품 광고 70만 원

– XX기업 여행 캠페인 광고 60만 원

– XX시 여행지 콘텐츠 제작 100만 원

(여행지에서 제작·촬영 시 경비 때문에 더 많은 소득을 얻음)

정기적인 일(일반적으로 6개월 혹은 1년 단위 계약)

– XX시 여행 콘텐츠 제작(1회 출장, 3건 제작) 120만 원

– XX시 여행지 소책자 제작(매달 A4 10포인트 5페이지 기준 의 기고, 사진 콘텐츠 포함) 150만 원

– XX기업 사내 스튜디오 방송 MC 1회 80만 원

　가끔 팸투어나 광고 모델 일로 이만큼 받아도 되나 싶은 큰 금액을 벌 때도 있다(업계에서 어느 정도 오래 있어온 내가 잘 벌거나 적절한 금액을 받아야 후배 작가와 후배 크리에이터도 알맞은 고료를 받을 수 있는 선순환도 고려하며 일하고 있다). 그럴 때면 순수하게 여행하던 과거의 내게 민망해질 정도다. 그런 일이 긴 달이면, 1,000만 원에서 2,000만 원이 넘는 수입이 들어오기도 한다(과거에는 일 년에 천만 원을 벌기도 힘들었는데!).

　그러나 취재와 촬영, 기고와 제작까지 모든 과정을 혼자 도맡아서 일하는 모습을 보는 주변 사람들은 그런 금액이 과분하지 않다며 고개를 끄덕거린다. 잠잘 시간도 아껴가며 일한다. 일이 많은 달에는 제대로 잠자는 날이 손에 꼽는다. '퇴근'의 개념이 없기에, 할 몫을 충분히 하고 자는 날에도 마감에 쫓기는 꿈을 꾼다. 조금 덜 자면 빨리 해낼 수 있다는 욕심에, 모든 일을 다 받고야 마는 더 큰 욕심에 영양제를 달고 산다. 이를테면 이런 식이다. 부랴부랴 일어나 첫차로 대구에 내려가 총 다섯 군데의 취재지에 들른다. 산에 올라갔다가 정반대에 있는 주막촌과 습지에 들른다. 틈틈이 근처의 카페와 맛집도 취재한다. 가끔 인물이 나온 사진 요청을 받기도 하는데, 주로 혼자 취재하기에 낯선 이에게 잠시 사진을 부탁하는 것도 익숙해졌다. 바쁜 취재 후에 저녁이 되면 바로 사진을 보정하고 원고를 정리한다. 그리고 강의 자료를 한 번 더 확인한다. 다음 날 강의에 차질이 없도록 하기 위해서다. 강의를 마치면, 그 지역을 잠시 탐방한다. 언제 원고로 쓰일지 모르기 때문에 카메라로 동네 곳곳을 찍어둔다. 강의가 많은 철에는 밥 먹을 시간이 없어 매번 살이 빠지곤 한다.

1년 중 '일하는 달'과 '쉬는 달'을 정해놓는 편이다. 주로 일이 많은 3월~6월, 9월~12월까지 다가오는 일에 마다하지 않고 모두 응한다. 오죽하면 올 6월에는 15건의 기고를 죄다 수락했다. 반면 일 제안이 덜한 1, 2, 7, 8월은 쉬엄쉬엄 일하고 있다(열심히 하고 싶어도 유난히 일거리가 적은 달이기 때문이다). 이런 달에는 몇 건의 강의를 포기하는 대신 차라리 국내외로 장기 여행을 떠난다. 여행 중에도 작업할 수 있도록 취재가 필요 없는 자유로운 기고나 해외에서 촬영이 가능한 콘텐츠 제작 등의 일만 수주받아서 최소한으로 일한다. 그리고 되도록 자주 여행한다. 일과 쉼 사이에 특정하게 시기를 정한 데는 이유가 있다.

방학 기간에는 강의가 줄고, 1월과 2월은 지자체 등에서 아직 업무 계획이 발표되지 않아 내게 주어지는 일이 많지 않기 때문이다. 휴식 달에는 얼마를 벌어도 중요하지 않다(물론, 0원은 안 된다). 그간 노력한 나에게 적절히 보상해 주며, 순수한 여행자의 마음을 잃지 않기 위해 여행사나 항공사의 협찬을 끼지 않고 오로지 '내 돈내산'으로 여행한다. 좋은 숙소를 협찬받아서 가면 좋겠지만, 그 순간부터 순수한 여행이 아니라, 어디를 찍어야 할지, 어떤 포인트를 콘텐츠화해야 할지 고민하게 된다. 그러다 보면 결국 내가 꿈꿨던 여행은 없다. '쉬는' 여행이 아닌 또 일하고 있는 여행에 놓인 내 모습을 발견하기 때문이다. 마음을 다잡고 배낭여행자의 방식으로 여행한다. 저렴한 숙소와 항공권을 찾기 위해 발품을 팔고, 맛있고 싼 길거리 음식을 먹어보는 것은 여전히 여행자로서의 마음을 지켜준다.

일하는 달에는 쉬는 날은 없다고 생각하면 된다. 낮에는 강의가 끝나면 방송국으로 달려가고, 밤에는 노트북으로 할 수 있는 일을 한다. 출장 계획을 짜고, 취재하고, 원고 정리하고, 콘텐츠 제작하다 보면 잠도 못 자고 일하는 게 당연한 수순이다. 그럼에도 분주함이 달게만 느껴진다. 이런 시간을 보내야 여행을 내 방식대로 즐길 수 있고, 이런 시간 역시 내가 가장 사랑하는 여행에서 파생된 것이기 때문이다.

프리워커로 살아가며 자유로움으로만 행복할 수 있는 직업은 아니라는 것을 깊이 느낀다. 모두 마음 놓고 자유로울 수 없는 무게를 안고 산다. 여행 중에도 항상 노트북을 챙겨 다니며, 휴대폰으로 일 연락을 기다리는 건 늘 나의 몫이었다. 자유 속에서도 끊임없이 일하고, 스스로 어필하지 않으면 일이 없어지는 건 일상사다.

코로나19 상황이 완화되고 엔데믹에 들어서며 다행히 수익이 0원인 달은 없어졌다. 한 달에 한 번이라도 나를 찾아주는 곳은 있고, 정기적으로 일하는 곳이 있으니 차츰 불안도 줄었다. 하나를 잘 해낼수록 다른 일이 생겨난다. 10년 가까이 비가 오나 눈이 오나 직접 발로 뛰며 꾸준히 일이 나를 찾도록 만들고, 성실하게 신뢰를 지키며 일해온 게 지금 빛을 발하고 있다.

✦ 여행 직장인인 동시에
여행자로 산다

혹자는 이야기한다. 여행작가는 여행도 공짜로 가고, 돈도 받고 좋겠다고. 정작 여행작가를 시작해 보면 달콤해 보이던 해외 출장이 실은 빽빽한 일정으로 이어지고, 일정을 마친 후에는 지정된 콘텐츠를 만드는 후반 작업이 다시 이어진다는 걸 알게 된다. 그리고 그런 작업을 견디다 보면 분명 여행이 여행으로만 보이지 않기 시작한다.

직업에 관해 강의할 때면 항상 받는 질문이 있다. "좋아하는 것을 업으로 삼는 건 너무 어렵지 않나요?" 처음에는 여행작가가 마냥 좋아서, 이 질문에 '좋다'고 답했다. 그러나 여행작가로서 연차가 쌓이며 간절하던 여행이 일이 되는 과정 중 딜레마에 빠졌다.

여행은 마냥 즐거운 것이라고 생각했는데, 내게 언제나 생을 버틸 힘을 주던 여행이 출장으로 다가왔을 때 스트레스가 된다는 걸 깨달았다. 어느새 가장 좋아하는 공간이 '집'이 되어버린 것도, 일이 없는 날에는 침대 속에 하루 종일 누워있고만 싶은 것도 내 마음의 반증이었다. 해외 출장 중에는 아름다운 여행지를 마음에 온전히 담기 힘들다. 어떤 것을 콘텐츠로 만들지에 관한 고민으로 머릿속이 가득하다. 사진과 콘텐츠 속의 나는 분명 좋은 호텔에서, 맛있는 걸 먹으며 호사를 즐기는 것처럼 보이지만 현실은 다르다. 그 멋진 사진을 위한 준비 과정과 일정의 모든 순간을 기록해야 하느라 정작 맛있는 밥은 따뜻할 때가 아니라 식은 후에야 먹곤 한다.

해외 출장에서는 (잘 고쳐지진 않지만) 술도 조심한다. 여행지의 낯선 바에 들리는 건 좋지만, 함께 일하는 사람들과 회포를 풀고자 저녁 일정을 마친 후에 뒤풀이하다가는 이른 새벽에 일어나 많게는 열 군데까지 들리는 일정을 버틸 수 없기 때문이다. 10시에 잠들고 6시에 일어나는 바른 생활 어른이 되어야만 출장의 빡빡한 일정을 소화할 수 있다.

실은 마음을 고쳐먹어야 했다. 여행지가 너무 좋아

마음 놓고 놀다 보면 쓸 만한 콘텐츠를 찾기 힘들어 애먹기 때문이다. 아주 가끔, '정해진 일정은 없으니 정말 느낀 대로만 이 지역을 여행해 달라'는 일거리가 들어오면 나는 옳거니, 하고 수락한다. 글과 콘텐츠의 질도 훨씬 좋아지겠지만 사실 어떤 곳에서도 집중 소개하고 싶은 곳은 따로 있을 테니, 이런 제안은 1년에 한 번만 있어도 감사하다.

그러므로 여행자로서 경험하는 여행과 일로 하는 여행은 명확히 구분돼야 한다. 여행을 업으로 삼기로 마음먹었다면, 직장인의 마음을 가져야 한다. 여행이라는 직장에 출퇴근하는 것이다. 여행이 좋아서 단순히 그 이유로만 여행N잡을 선택했다면, 온전하게 쉬어야 할 여행이 괴로운 일이 될 수도 있다.

즐거운 마음으로 촬영하던 여행 크리에이터도 한순간 조회수가 높아지는 영상이 생기면, 그 후로는 인기 콘텐츠 영상을 만들기 위해 노력하게 된다. 자연스러운 여행이 수없이 퇴색되고, 크리에이터는 지칠 수 있다. 사진작가든 여행작가든 콘텐츠 크리에이터든 여행으로 뭔가를 만들어 내는 사람이라면 다 마찬가지다.

그래서 어쩌면 여행N잡은 여행을 좋아하는 사람보

다는 콘텐츠를 만들고 글 쓰는 걸 좋아하는 사람에게 잘 맞는 일이라고 생각한다. 여행에 관련된 일이면서도, 창작에 더 가까운 일이라는 걸 절실히 느끼기 때문이다. 다행스럽게도 나는 여행을 좋아하는 사람이지만, 무언가를 써내고, 제작하기 좋아하는 나는 여행을 소재로 창작할 수 있다는 게 정말 즐겁다.

여행을 일로 여기며 마음을 다잡은 순간부터, 나는 콘텐츠나 기고문을 만들어야 하는 여행에서는 여행지를 단순히 취재지로만 여기기 시작했고, 양질의 글과 콘텐츠를 위해 철저한 계획하에 떠났다. 평소에 나라면 어떠한 계획 없이 여행지로 뛰어들었을 테지만 취재 중인 나는 자유로운 발걸음을 접어두고 가장 합리적인 동선을 고려해, 잘 알려지지 않았고 신선한 콘텐츠가 있는 여행지를 소개하기 위해 철저한 사전 조사 후에 떠난다. 날씨가 좋지 않은 날은 계획(A안)이 틀어질 것을 대비해 루트를 B안, C안까지 준비하는 건 당연하다.

최근에는 1박 2일 동안 10곳을 취재한 적 있다. 내 업무는 한 도시를 방문해 그 도시의 명소를 알리는 글을 쓰는 것이었다. 하필 내가 출장 가는 날 휴무인 곳이 많아 지하철과 버스를 번갈아 타며 동쪽과 서쪽을 왔다 갔

다 했다. 전시관이 끼어있으면, 모든 전시를 다 보고, 유
적지를 방문하면 어떤 것을 꼭 봐야 하는지, 지름길은
어딘지 안내데스크에 물어본 후, 땀 흘리며 달린 끝에야
시간을 맞춰 모든 곳을 방문할 수 있었다. 메모장에 쓸
여력이 없을 때는 모든 상황을 동영상으로 녹화하며 다
니기도 한다. 기억을 상기시켜야 원고에 쓸 거리가 있기
때문이다. 그렇기에, 취재는 내게 당연히 여행으로 느껴
지지 않는다.

　여행을 일로 대하며 몰두하는 대신에 1년에 몇 개월
쯤은 어디에도 구속되지 않는 나만의 여행을 즐긴다. 그
기간에는 여행 관련 일을 하는 걸 피하고, 오롯이 여행
만 하며 좋아하는 글을 쓴다. 이렇게 일과 여행을 3:1로
나눠서 조율하니, 일도 여행도 차츰 즐기게 되었다. 책
의 내용이 언제나 진솔할 수 있는 이유도 이와 같이 일
과 여행에 적절하고 명확한 선이 있기 때문이다.

　직장으로서의 여행에서는 나는 누구보다 프로페셔
널한 직업인이다. 여행을 즐기려는 생각은 추호도 없다.
반면, 여행자로서의 안시내는 여전히 순수하게 여행을
대한다. 이 경우에는 여행에서 일하려는 생각은 눈곱만
큼도 없다. 두 성격의 여행은 각각 독립된 의미로 존재

하기에 나는 여전히 여행이라는 직장에 출근하는 게 즐
겁고, 순수한 여행자의 정체성을 유지할 수 있다.

✦ 인스타그램에
출퇴근한다

　　제주도에 사는 친구 쨍쨍 네에서 며칠 묵은 적 있다. 그녀는 한 권의 책 이후 더 이상 여행책을 내지는 않고, 자유롭게 여행하는 삶을 살고 있다. 여행지에서 사 온 다채로운 빛깔의 기념품이 벽에 가득해서 요란한 모양새의 집에서 그녀는 내게 의문 가득한 얼굴로 물었다.

　　"시내, 예전엔 안 그랬는데, 요즘 시내 인스타그램 왜 이렇게 자연스럽지 않고 예쁜 사진투성이지? 나는 그게 어색해!"

　　"아, 그거 제 직장이라서 그래요. 누구나 회사에서는 회사에 걸맞은 모습을 보여주잖아요. 저도 그래요."

휴대폰 하나로 세상은 달라졌고, 인스타그램과 유튜브를 무대로 하는 1인 크리에이터가 기하급수적으로 많아졌다. 기업·미디어는 물론 관공서에서도 대중에게 영향력 있는 인플루언서 크리에이터를 찾으며, 그들의 몸값은 날로 치솟고 있다. 잘 만든 게시물 하나가 책이나 방송 광고보다 영향력이 있을 때도 있다. 다양한 크리에이터가 각자의 매력과 능력을 바탕으로 그리고 이를 반영한 창의적인 콘텐츠로 승부한다.

몇 년 전 나는 한 신문사와 여행작가의 수입에 관해 인터뷰하며 이런 말을 한 적 있다.

"인스타그램 광고요? 다른 일이 많아서 안 하는 편이죠. 제게 어울리지 않기도 하고요. 제 주요 수입원은 기고와 강의입니다."

참 건방진 멘트였다. 코로나19를 겪으며 여행작가로서 일하지 못하게 될 줄 모르고 한 말이었다. 밥줄이 완전히 끊겨버릴 줄이야. 한 달에 많게는 20번, 적게는 5번 정도는 지속되던 강의 활동이 끊겨버린 데다, 여행을 떠날 수 없어 여행책을 쓰거나 관련 콘텐츠를 만드는 일이 더욱더 어려웠다. 그럴 때 나를 살려준 게 잘 키워 놓은 인스타그램이었다.

　인스타그램은 현재 가장 빠르고 트렌디하게 대중의 소구를 반영하는 SNS다. 계정을 비즈니스 계정으로 돌려놓으면, 어떤 사람이 내 인스타그램 피드를 좋아하고, 어떤 스타일의 게시물이 사람들에게 잘 도달되는지 노출도와 반응을 수치 통계로 한눈에 볼 수 있다.

　SNS에 정성 들여 글을 쓰더라도 많은 사람에게 닿기란 쉽지 않다. 그러나 SNS 알고리즘의 성격을 알면 좀 더 수월하게 많은 사람에게 나의 게시물이 닿도록 할 수 있다. 인스타그램 알고리즘은 소위 예쁜 사진 위주로 노출해 주는 특성이 있다. 이런 알고리즘에 대해 알고 나서는 마구잡이로 업로드하는 대신 나의 색을 담으면서도 많은 사람이 공감할 만한 게시글을 올렸다. 알고리즘에 노출되기 위해 사람들의 흥미를 끌 만한 예쁜 사진을 올리고, 내 진솔한 글을 담아 나만의 구독자를 유입시키는 것이다.

　사실 인스타그램이라는 플랫폼은 긴 글과는 맞지 않지만, 나는 꽤 긴 글을 업로드하는 날이 많았다. 그렇게 인스타그램 계정이 꾸준히 성장했고, 팔로워 수는 4만 명이 되었다. 약 4만 명 이상의 사람이 나의 계정을 팔로우하고, 그중 많은 사람이 내가 올리는 피드와 스토리 게시글을 본다는 것을 의미했다.

인스타그램은 이용자들이 자기 삶을 실시간으로 적나라하게 보여주던 초창기의 모습과는 확연히 달라졌다. 이제 인스타그램의 주요 키워드는 '자랑'이다. 삶에서 대부분 있는 사건들이 아닌 인생의 가장 행복한 모습들, 여행지의 모습과 오늘 먹은 맛있는 음식들이 많은 이들의 피드를 채우고 있다.

이에 덩달아 화려한 모습의 인플루언서가 등장했다. 수많은 팔로워를 지닌 인플루언서가 인스타그램의 중심이 되며 MZ세대의 대표 SNS로 자리 잡고 있다. 인플루언서들이 자기 피드의 게시글에 달아 놓은 홍보 메시지 형식인 #(해시태그)광고 표시도 수시로 접할 수 있다.

나의 경우, 화려한 외모나 뛰어난 패션이나 엄청난 정보력을 가진 인플루언서가 아니기에 '솔직함'을 무기로 잡았다. 옥탑방에서 살던 일상이라던가, 하루는 활짝 웃는 예쁜 사진을 업로드하다가도, 다음 날은 씻지 않아 머리가 까치집이 된 사진을 업로드했다. 소위 '인생샷'을 찍기 위해서는 어떤 노력이 필요한지 같은 솔직함을 피드에 게시한 것이 사람들에게 더 친숙하게 다가갈 수 있는 포인트가 되었다.

요즘 많은 기업이 자사 제품의 홍보를 위해 연예인이나 전문 방송인보다 SNS 인플루언서 활용을 고려한다. 마케팅에 훨씬 저렴한 비용을 들일 수 있고, 무엇보다 SNS 반응 속도가 빠른 MZ세대에게 큰 영향을 주는 제품 홍보 효과를 낼 수 있기 때문이다. 그만큼 기업들이 앞다퉈 인스타그램을 눈여겨보고 있는 것이다.

나 역시 여행 관련 콘텐츠 외에 화장품, 주류, 의류, 자동차까지 다양한 분야의 제품에 대한 광고 콘텐츠를 다루고 있다. 물론 여행작가라는 직업적 특성에 맞게 여행지에서 해당 제품의 아이덴티티를 녹여서 콘텐츠를 제작하고 있다.

인스타그램과 유튜브는 요즘 여행 시장에서 가장 뜨거운 플랫폼이자 미디어다. 크리에이터라는 직업에 반감을 갖거나, 막 떠오르는 여행 크리에이터를 신랄하게 비판하던 관광청과 지자체도 이제는 그들을 수용하고 오히려 나서서 찾고 있다. 한 국내 공사 직원에 따르면 요즘 예산은 책 작가와 블로거보다는 유튜버와 인스타그램 인플루언서에 치중해서 책정·집행된다고 한다. 글을 쓰는 일이 상대적으로 쉽고 더 즐거운 내게 이런 여행 시장의 지형도 변화는 아쉽지만, 대세에 따라야 하니 어쩔 수 없다.

다른 분야의 인플루언서와 비교했을 때, 여행 인플루언서들은 대체로 콘텐츠의 품질이 높다. 특히 사진을 구성하고 찍는 퀄리티가 높은데, 제품을 얼굴에 대고 셀카를 찍는 여타 인플루언서와는 차이점이 분명하다. 대부분의 여행자가 사진에 욕심이 있기 때문일 것이다. 그래서 동일한 팔로워 수를 가지고 있더라도 여행 인플루언서의 콘텐츠 제작 단가는 상대적으로 다른 분야 인플루언서에 비해 높은 편이다.

게다가, 요즘은 국내를 여행하는 크리에이터들을 여러 지자체에서 많이 고용하는 추세인 덕에, 품질 높은 여행 사진을 쉬이 만날 수 있다. 그들은 인스타그램 내에서만 활동하는 경우가 많지만, 수입은 대기업 직장인 못지않은 사람도 많다. 검색 탭에 '#국내여행'만 검색해도, 잘 관리된 여행 인플루언서 계정을 만날 수 있다.

인스타그램만으로 먹고살 수 있다는 온라인 강의가 수두룩하고, 많이 버는 인플루언서의 수입은 엄청나다. 일반적으로 인스타그램 크리에이터의 경우 게시물 하나당 팔로워 수 10배 정도의 고료를 받는다. 3만 명의 팔로워가 있다면, 30만 원의 고료를 받는 식이다.

인스타그램 외에 여행책을 출판하거나 여행 유튜버와 같이 인스타그램 밖에서도 활동하는 인플루언서는 팔로워 대비, 2~30배의 고료를 받을 수 있다. '여행작가'의 타이틀이나 유튜브 같은 다른 미디어가 있기 때문이다. 나의 경우, 인스타그램 게시글 하나당 최소 60만 원부터 최대 150만 원의 원고료를 받는다. 참 감사한 일이지만, 가만 생각해 보면 억울하기도 하다.

TV 속의 배우들 역시 드라마 출연료보다 CF 광고료가 높다고 하니 이게 세상의 당연한 이치인가 하는 생각도 들지만, 골머리를 앓으며 원고지에 3,000자를 몇 날 며칠 매달려 쓸 때보다, 사진 몇 장과 줄글 몇 장으로 제품을 홍보하는 것이 훨씬 더 큰 금전적 가치가 있다는 게 속상할 때도 있다. 하지만 바꿔 생각하면 현실의 내가 열심히 발로 뛴 결과가 내 이미지가 되고, 광고주의 애정을 받는 것 아닌가 싶다.

인스타그램에는 아쉬운 측면도 있다. 잘 관리된 계정의 경우에는 팔로워 1,000명부터 수익화가 시작된다. 그래서 팔로워를 늘리기 위해 가짜 계정을 돈 주고 구입하는 것도 만연하다. 광고주에게 손해가 되는 일종의 사기 행위라고 생각하지만, 이제는 일반적이라고 할 수 있을 정도다(광고만 올라오고, 해당 계정주의 정체가 불분명한 계정은 의도적으로 팔로워를 샀을 가능성이 높다).

이처럼 여러 방향에서 인스타그램의 영향력을 경험한 나는 이전과는 달리 인스타그램을 열심히 관리한다. 회사에 출퇴근하듯 하루 중에 시간을 정해서 정성스럽게 피드와 스토리에 올릴 콘텐츠를 정리하고 업로드한다. 나의 소식을 궁금해하는 독자를 위해 내 일상과 생각을 공유하기도 한다. 수입 발생을 위한 여행 광고 게시물을 업로드하기도 하며 정성스레 인스타그램 계정을 꾸린다.

그렇다고 인스타그램 피드를 광고 글로 채우지만은 않는다. 최대 월 3건 이상 광고 글을 올리지 않는 것은 내가 정해둔 원칙이다. 결국 장기적으로 봤을 때 이미지 소모가 심할 것이고, 나의 정체성을 좋아해서 구독했던 이들에게도 너무 많은 광고 콘텐츠는 거북하게 느껴질 게 분명하기 때문이다.

지금은 개성이 강하고 변화가 빠른 시대다. 어떤 것이 직업이 될지, 어떤 직업이 순식간에 사라질지 도무지 예측되지 않는 세상이다. 세상에 발 빠르게 접근하고,

행동하는 게 오늘을 살아가는 이의 운명이다. 특히나 여행N잡러에게는 숙명이라고까지 할 수 있다. 자꾸 변모하는 세상 속에서 인스타그램도 언젠가는 과거의 공간이 될지 모른다.

✦ 첫 강의 자료를
모두 삭제하다

유년 시절 꽤 오랫동안 아나운서를 꿈꿨다. 서울로 이사하며 한동안 경상도 사투리를 고치지 못했고, 여러 가지 높은 허들 탓에 이루진 못한 꿈이지만, 꿈의 방향은 비슷한 결로 흘러갔다. 그래서 세계여행을 떠나기 전에 대학생이던 내가 입사를 꿈꾸며 관련 대외활동을 하던 곳이 방송기자 · 문화부 기자 · 큐레이터였다.

돌이켜보면 이 꿈들에는 공통점이 있다. 내 생각을 누군가에게 좋은 방향으로 전달하는 사람이라는 점. 그런 마음과 별개로, 나는 말을 조리 있게 잘하는 편은 아니었다. 진의가 서툰 말솜씨에 가려질까 봐 편지로 써서 전달하기를 좋아했고, 간단한 의견을 낼 때도 심장을 부여잡고 해야 할 말을 머릿속으로 되돌려 보기 일쑤였다.

스무 살에 대학에서 첫 조별 과제를 발표할 때는 말을 몇 번이나 더듬어서 곤욕을 치르기도 했다.

세계여행 후에 몇 곳에서 강의 요청이 들어왔다. 대부분 재능기부 형식으로 진행되는 조그마한 강단이었다. 그러나 당시 내게는 '강연'에 대한 개념이 미비했다. 내가 생각하던 강연의 정의는 '유명한 사람들이 청중 앞에서 삶에 대한 깨우침을 알려주는 것'인데, 나는 유명하지도 삶에 대한 깨우침을 알 만큼 지혜로운 사람도 아니라고 생각했다. 하지만 내 이야기를 언젠가 세상에 전하고자 했던 사람으로서, 강연 요청을 수락하지 않으면 후회할 거라고 생각했다.

첫 강의를 떠올려보면, 10년 가까이 지난 지금에도 청자들에게 미안한 마음이 들 정도로 형편없이 이야기를 이어 갔다(나만의 생각이 아니라 당시 청중으로 참석한 지인들은 몇 년 후 다시 나의 강의를 듣고 과거와 비교하며 깜짝 놀라곤 했다). 서툴게 강의를 준비하던 나는 크고 작은 실수를 했는데, 가장 큰 실수는 타인의 강의를 참조한 것이었다.

사회 유명 인사들의 강연을 참고하며 가장 크게 느낀 장점은 그들이 체득한 바를 바탕으로 한 기억에 남을 만한 '멋진 문장'이었다. 그래서 나는 무엇을 말하고자 하는지를 정리하기에 앞서 여행에 관한 명언과 책을 찾아보았다. 초록색 검색창에 '여행 명언'을 넣기만 해도 수백 가지의 명언이 나온다.

어느 책에선가 발췌한 멋진 말들을 곁들여 강의 자료를 만들었다. 30분의 여행 영상과 40분의 여행 이야기 그리고 질의응답. 여행을 테마로 한 카페에서 진행되는 강의였다. 물론 내가 받는 돈은 없었지만 참석한 사람들은 커피값을 포함해 1만 원이나 주고 듣는 강의였기 때문에 후회 없는 시간을 만들어주고 싶었다. 그러나 조별 과제 발표도 미숙하던 나는 여러 번 연습했는데도, 정해온 말을 까먹고 말았다.

청자들은 나를 향해 눈을 끔뻑였다. 진짜 내 이야기가 아니라, 무언가를 전하려고 했던 게 문제였다. 정해온 것이 문제였다. 주로 여행을 왜 떠나야 하는지에 관한 이야기에 초점을 맞췄다. 내가 진심으로 느낀 그대로를 말했다면 차라리 나았을 텐데, 시간을 내서 내 이야기를 들으러 온 수십 명이 앉아 있다고 생각하니 부담감이 앞서 자꾸 말이 말렸다. 다행히 당시 세계여행에서 만난 일본인 친구(무려 3년간 세계여행을 한!)가 한국 여행을 온 김에 강의를 구경하러 왔는데, 잊을 때마다 그 친구를 가리키며 '여행썰'을 푸니 분위기가 그나마 완화되었다.

사람들은 내가 준비해 온 말 대신 내 진짜 이야기가 나오는 '질의응답' 시간에야 내 말에 귀 기울였다. 여행을 떠나야 하는 이유보다, 내가 '왜 떠났는지'를 대답하니 많은 사람이 자기 상황과 비교하며 공감했다. 가장 개인적인 이야기가 가장 보편적이라는 말이 있지 않나. 몇 건의 질문을 잘 헤쳐 나가긴 했어도 질의응답 전 40분간의 내 첫 강의는 '실패한 강의'였다. '주'와 '부'가 완전히 뒤바뀐 탓이다. 내 진짜 이야기가 없었기 때문이다.

나는 집으로 돌아와 첫 강의에 사용한 강의 자료를 모두 삭제했다. 공들여 만들었지만 아깝지 않았다. 그리고 '진짜 첫 강의안'을 만들기 시작했다. 나의 진솔한 마음을 바탕으로, 직접 겪고 느낀 이야기를 글로 하나하나 옮기기 시작했다. 그렇게 경험을 옮겨낸 글을 정리하고 구분하여 적절히 도식화하면서 비로소 나만의 강의안을 완성했다. 나의 강의를 듣는 이들에게 좀 더 공감되는 강의 자료를 만들 수 있었다.

✦ 외워서
강의하지 않는다

       강의를 시작하던 무렵 다른 유명 작가들의 강의를 들으러 다녔다. 강의를 듣고 무릎을 '탁' 치며 나온 적도 있지만, 작가의 열렬한 팬이 아니라면 이해하지 못할 법한 경우도 있었다. 강사가 아닌 작가로서 커리어를 시작했기 때문에, 글을 쓰다 보니 강의 요청이 들어와 강사를 하게 된 것이기 때문에 작가의 강의가 전문 강사의 것처럼 쏙 잘 이해되지 않는 것은 어찌 보면 당연하다.

    다른 작가들의 다양한 강의를 들으며, 나는 생동감 있는 이야기를 나누는 사람이 되고 싶었다. 그래서 많은 시간을 강의안을 뚫어져라 보는 데 할애했다. 강의안을 보면 볼수록 나는 청자의 입장이 되었다가, 화자의 입장이 되기를 반복했다. 청자와 화자의 입장을 반복하다 보면 강의안의 구멍은 너무나 쉬이 보였다. 구멍을 메우고자 스스로 몇 가지 질문을 던져보았다.

- 나는 강의에서 무엇을 전하고자 하는가?
- 내 강의를 통해서 사람들은 무엇을 얻을 수 있는가?
- 내 강의에는 오롯이 '나'에게서만 나올 수 있는 독자적이며 진솔한 이야기가 있는가?
- 내 강의 내용은 사람들의 흥미를 끌어내는가?

네 가지 질문에 하나도 긍정으로 대답할 수 없었다. 당시 나의 강의는 말하고자 하는 큰 주제가 없었고, 지루했고, 어디서나 볼 법한 말들로 버무려져 있었다. 내 강의를 통해서 사람들은 앞으로는 시간 낭비를 피해야겠다고 생각(과거의 나에게 정말 미안하지만, 당시 나의 강의 내용은 시간이 아까울 정도였기 때문에) 정도를 얻었을 것 같다.

나는 곰곰이 내 강의에 대해 생각하고, 나름대로 연구를 거듭하며 기존 강의 자료를 전부 삭제하고, 처음부터 강의안을 다시 만들기 시작했다. 어디선가 가져온 이

야기 대신, 진짜 나의 이야기를 썼다. 강의안을 고치며
가짜 이야기를 걸러내고 진짜 이야기만을 뽑아냈다.

[2015년에 작성한 첫 강의 기획안 내용]

1. 가면을 쓰고 사는 아이

어린 시절의 나는 가면을 쓰고 다녔다. 시인이던 편모슬하에서
유복하던 시절은 잠깐, 가정환경은 점차 어려워졌다. 김해 작은
동네에서 '아빠가 없는 아이'라고 불리던 게 부끄러웠다. 서울
로 이사하고부터 십년지기 친구에게도 집에 관해 얘기한 적 없
을 만큼 나를 숨기고 살았다.

가짜 모습으로 어려움을 숨긴 채 성장했다. 서울에서 월세방을
전전하며 살다가, 스무 살이 되었고, 집은 더 어려워졌고, 홀어머
니는 암 투병을 했다. 나의 성적과 학비에 맞던 서울에서 등록금
이 가장 낮은 대학에 진학했다.

2. 여행 결심

청소년기의 나는 도서관에서나 집에서 책을 쌓아놓고 읽었다.
책 속의 넓은 세상을 보고 느낄 수 있었기 때문이다. 책 밖의 다
양한 세계도 경험하고 싶었고, 그걸 글로 옮기고 싶었다. 어디선
가 세상은 한 권의 책이고, 세상을 여행하지 않으면 그 책의 딱

한 페이지만 읽은 것과 같다는 글을 보았다. 세상이라는 책을 끝까지 읽어보고 싶었다.

대학 입학 후에 온갖 아르바이트와 학업을 병행하며 많은 경비로 여유롭게 여행하는 것을 꿈꿨지만, 어머니의 암이 재발했고, 모은 돈은 생활비와 병원비로 쓰였다. 결국 모인 건 350만 원. 세계여행을 하기에는 턱 없이 모자랐지만, 여행을 포기할 수는 없었다. 악착같이 저렴하게 여행할 수 있는 방법을 연구해서 '최대한 오래 버티며' 여행하기로 했다.

3. 141일간의 여행

편도 항공권으로 세계로 향했다. 내 여행은 돈이 많이 드는 여행이 아니라, 사람을 만나는 여행이었다. 동네 사람들과 차 한잔하며, 나와는 다른 그들의 삶에 대해 이야기하며 대부분의 시간을 보냈다. 여행은 가면을 벗겨내는 과정이었다. 타인의 시선을 벗어난 진짜 내가 드러나며 비로소 웃음 지을 수 있었다.

에피소드1_인도 성추행범

의지할 사람 하나 없던 상황에서 성추행범에게 대처하며 단단해진 이야기.

에피소드2_파리 센 강변의 화가

꿈이란 남들 보기에 있어 보여야만 하는 줄 알던 생각이 화가의 말을 듣고 바꿔어, 가짜 꿈에서 벗어나 진짜 가슴 뛰는 꿈을 꾸게 된 이야기.

4. 새로운 삶을 꿈꾸며

페이스북에 꾸준히 업로드한 여행기를 읽은 사람 중 출판사 대표님의 제안으로 첫 책을 출간하며 여행 전에 '1년만큼은 하고 싶은 것을 하자'는 생각이 '평생 하고 싶은 것을 하며 살자'로 확장되었다. 모두에게 1년만큼은 부딪치며 살아보라고 전하고 싶다. 진정 가슴으로 원하는 게 뭔지 알아갈 시간이 필요하기 때문이다. 뒤처진다는 두려움이 있을 수 있지만 삶을 위한 시간으로 인생 전체에서 1년은 어쩌면 1분도 안 되는 시간일 수 있다. 여행이든, 공부든, 운동이든, 요리든, 무엇이든 가슴 뛰는 일을 딱 1년은 해보자.

여행에서 얻어 온 에피소드를 바탕으로 강의안을 작성했다. 지금 보면 상당히 투박한 기획안이지만, 전부 나의 진짜 이야기였기에 강의를 듣는 사람들의 눈이 온전히 나를 향할 수 있었다.

강의 초반에는 너무 이입한 바람에 눈물을 몇 번 흘리기도 했는데, 사람들은 도리어 나의 진솔함을 더 잘 알아봐 주고 함께 울어주었다.

"작가님의 강의는 살아있어요."

"이렇게 완전 날 것 같은 강의는 처음 들어봐요!"

"아이들이 이렇게 집중하는 것 처음 봤어요. 특히, 저 친구는 항상 조는 학생인데."

"내 어린 시절이 생각나 눈물이 흘렀어요."

　강의하며 가장 많이 들어온 건 생생하다는 이야기였다. 나는 태초부터 말을 잘해온 사람처럼 유창하게 말하지는 못하지만, '진실함'으로 승부를 걸었다. 나의 결핍과 구질구질한 모습, 못난 점을 스스로 밝히는 게 처음에는 부끄러웠다. 하지만 나의 모습에 자기를 투영하며 위로받는 사람들 덕분에 진실함에 더욱더 힘이 실렸다.

　내가 주로 쓰는 강의안 중 하나는 '탐험하라. 꿈꾸라. 그리고 찾아내어라'라는 제목으로 시작된다. 어린 시절의 고생과 그 덕에 꾸게 된 세계여행의 꿈, 그곳에서 만난 사람들과 고난에 관해 이야기한다. 강의 중에 이야기하다 보면 나도 모르게 그 시절에 푹 빠져버린다. 진심 어린 이야기에 청자들은 함께 눈물을 흘린다. 나만의 진짜 이야기가 사람들의 마음을 울리는 것이다. 나의 인터뷰에 다음과 같은 내용의 댓글이 달린 적 있다.

∟○○○

저는 이분을 보고 사람을 SNS로만 판단하면 안 된다는 것을 알게
되었습니다. 그저 여행 좋아하는 사람이라고 생각했는데, 우연히
강연에서 만난 그는 생각보다 멋진 사람이더군요. 경험에서 우러
나오는 수만 가지의 꿀팁은 어디서도 들을 수 없던 이야기였죠.
자신의 이야기를 들으러 와준 사람들을 위해 만들어온 수십 장의
PPT가 아직도 잊히질 않습니다.

여행에 관한 팁을 알려주는 정보성 강의에서도 진심
을 충분히 전달할 수 있지만, 단순히 온라인에서 본 내
용을 짜깁기한 것은 의미가 없다. 온몸으로 체득한 이야
기만을 강의 자료로 사용한다. MZ세대는 그 어떤 세대
보다 정보에 빠르다. 그래서 누구나 아는 정보나 평이한
이야기로는 그들의 귀를 기울이게 할 수 없다. 오롯이
나만이 들려줄 수 있는 이야기를 해야 한다.

한 행사에서 청년들의 스피치를 심사하게 되었다. 6
명의 청년이 각자의 이야기를 꺼냈다. 자기 경험을 기반
으로 말하는 참여자도, 자신의 전문 분야를 알리려고 강

의하는 참여자도 있었다. 이야기하다 눈물을 머금는 참
여자도, 수입을 적나라하게 알려주던 참여자도 있었다.
그중 압도적으로 눈에 들어오는 강연자는 말을 잘하거
나 제스처가 능수능란한 사람이 아니라, 자기 삶에서 실
제로 체득한 이야기를 떨리는 목소리로 끝까지 전달하
던 이였다.

결국 어떤 상황에서나 진솔함을 유지하는 게 중요하
다. 진솔한 강의를 위한 가장 쉬운 방법은 외워서 말하
지 않는 것이다. 강의 내용을 외워서 말하면 외운 티가
나고 그러면 사람들은 흥미를 잃고 지루한 수업을 듣는
것처럼 반응한다. 강의를 흥미 있게 만들려면 암기가 아
닌 온전히 내 것인 이야기를 녹여내야 한다.

지금은 어떤 주제의 강의 요청에도 꽤 수월하게 강의
안을 작성하여 준비하지만, 서툰 첫 강의 기획안이 지금
의 내 강의에 초석이 되었다고 장담한다. 모든 게 낯설
고 서툴더라도, 진심을 담은 나의 이야기로 강의를 시작
해야 한다. 그럴듯하고 멋지게 보여도 내 이야기가 아닌
다른 사람의 말과 글은 내 강의를 채울 수 없다.

서툴게 준비하고 진행한 첫 강의 때와는 달리, 나는
이제 나만의 정체성을 바탕으로 여행을 비롯한 여러 가

지 주제로 더욱 많은 강의를 하고 있다. 대사를 외워 달 달 읊던 처음과는 많이 달라진 나는 튼튼하게 세워놓은 커다란 틀 안에서 청중의 연령대와 호응도를 확인하며, 눈을 맞추며 이야기한다. 단순한 화자와 청자 사이가 아 니라 우리는 한 곳으로 연결된다는 사실을 인지하면서. 같은 내용이라도 때로는 진솔하게 때로는 유쾌하게 분 위기를 만든다.

그러나 지금도 역시, 강의를 앞두고는 강의안부터 작 성하고, 작성한 강의안도 재점검해 본다. 나의 진짜 이 야기가 오롯이 담겼는지, 나의 이야기를 또 어떻게 담아 낼 수 있을지 고민해 본다. 내 진짜 이야기를 이어가다 보면 외울 필요 없는 온전한 강의가 될 수 있다. 진솔한 이야기를 바탕으로 청자에게 나의 진심이 전해진다. 매 강의가 끝나고 듣는 진심 어린 감사 인사는 나를 계속 발전시킨다.

결국 좋은 강사의 조건은 말을 얼마나 잘하느냐, 능 숙하게 하느냐의 문제가 아닌 청중에게 진심이 담긴 이 야기를 안겨주고 싶어 하는 마음이다. 여전히 강의는 어 렵다. 나의 진심이 전해질까 혹여 왜곡되진 않을까 두렵 기도 하다. 그러나 강연은 내가 좋아하는 일이기에 두려움을 이기고, 진심 어린 마음으로 사람들의 눈을 끊임 없이 마주하며 강단에 서고자 한다.

✦ **강의료 0원에서
시작하다**

　　강의를 잘하고 못하고는 별개로 첫 강의 이
후에 말하는 데 재미를 붙인 나는 어디서든 불러주는 대
로 강의를 다녔다. 말은 할수록 늘었다. 다섯 명이 있는
독서모임에도 나갔고, 150명이 모인 강단에도 섰다. 한
창 나의 여행이 언론에 많이 노출되던 시기라 다양한 곳
에서 강의를 제안해 왔다.

　　그런데 1년 가까이 강의로 벌어들인 수익이 딱 50만
원이었다. 첫 강의는 당시 내게 재밌는 일 중 하나일 뿐
이었다. 첫 수입 50만 원은 국내의 한 대학에서 먼저 제
시해 주었는데, 해당 대학교가 있던 포항으로 오가는 교
통비까지 실비로 처리해 줘서 나는 내가 이렇게 많은 돈
을 받아도 되는지 의심했었다. 강의로 수익을 얻을 수

있다는 사실을 제대로 인지하지 못했기 때문이다. 강의를 시작한 지 1년 가까이 되도록 섭외하는 측의 질문에 이렇게 답하곤 했다.

> *"작가님, 조심스럽게 여쭤보겠습니다. 강의료는 어떻게 될까요?"*
> *"아이고, 제가 돈을 어떻게 받아요. 괜찮습니다."*

그렇게 답하는 게 미덕인 줄 알았다. 섭외 측에서는 이게 웬 떡인가 했을 것이다. 교통비 역시 스스로 충당했다. 지금 생각하면 어리석지만, 무료 강의를 하며 얻은 소득도 꽤 있다. 다음과 같은 깨달음을 얻었으니까.

- 내가 강의료를 받지 않으면, 다른 여행 강의를 시작하는 사람도 돈을 받지 못하는 구조가 된다.
- 나는 그동안 재능기부가 판을 치는 세상을 만드는 데 기여했다.
- 무료 강의에 대해서 주최 측이나 청자가 더 고마워하거나 좋아하는 것도 아니다.
- 부담이 덜 되는 자리(무료 강의)에서 하고자 하는 내용을 말하는 스킬을 익힐 수 있다.
- 무료 강의 경험으로 빈 포트폴리오를 채워나갈 수 있다.

무료 강의를 긍정적으로 돌아보자면, 무엇보다 나는 말하는 스킬을 키웠고, 경력을 점점 쌓아 포트폴리오를 꽉 채울 수 있었다. 본격적인 강의 생활에 앞서 이런 이력은 큰 도움이 되었다. 그렇게 열심히 이력을 쌓던 어느 날, 유명한 선배 여행작가 한 분이 내게 물었다.

"너 강의료 얼마 받니? 뭐? 안 받는다고? 여행작가는 강의 없이는 유지하기 힘들어. 잘 모르겠으면 내가 알려준 대로 해. 처음에 5만 원을 받으면, 다음번에 5만 원을 더 불러봐. 10만 원이지. 또 다음번에도, 다음번에도, 계속 5만 원씩 올리는 거야. 그러다가 한 군데서 거절하면, 대략 그게 네 몸값이야."

그의 말이 맞았다. 책의 인세는 고작 여행 경비를 대줄 만큼일 때도 있었다. 여행작가로 살기 위해, 책을 쓰며 살기 위해서는 글만 써서는 안 되었다. 얼마 전 만난 한 유명 작가의 말로는 고료가 30년째 그대로라고 했다 (여행은 경비로 조금 더 쳐준다는 말을 듣자, 안심의 미소도 함께 지었다). 글만 쓰고 살면 좋겠다는 모든 작가의 희망과 다르게, 고료는 물가 상승률을 반도 못 따라잡고 있으니 말이다.

결국, 강의와 행사 혹은 방송을 통해 자기를 알리고 책을 홍보하는 일은 작가에게 필수이다. 이번 책을 위해서, 다음 책을 위해서, 집필 기간 동안의 생활비를 위해서, 모든 작가와 더불어 나 역시 반드시 강의를 해야지 글을 쓰고 책을 내는 생활이 유지될 수 있다.

앞서 말했지만, 장강명 소설가도 임경선 에세이스트도 각자의 책에서 이런 이야기를 토로했다. '글만 쓰고 살 수 있으면 얼마나 좋을까' 하고 말이다. 그러나 좋아하는 일만 하고 살 수는 없다. 내게 강의는 좋아하는 일에 포함되지만, 그렇지 않았더라도 나는 지속해서 강의 일을 끌어올렸을 것이다. 정말 좋아하는 일인 글을 쓰기 위해서.

선배의 말에 따라 10만 원, 15만 원 차근차근 강의료를 높여갔고, 이 정도의 강의료는 예산에 맞추기 어렵다는 행사기획자의 말을 들었을 때, 내 강의의 가치를 가늠하며 수치화했다. 그리고 내게 강의료는 인세를 제외하고 가장 큰 수입원이 되었다. 어떤 선배 작가는 강의료 단가표를 만들어 사용하기도 했는데, 60분이나 90분 단위로 금액을 다르게 산정하였다.

지금까지 재능기부를 포함하여 약 300회 이상의 강

의를 했고, 강의료가 어느 정도 알려져 주최 측에서 먼
저 맞춰서 제안하는 편이다. 어느 정도 인지도가 있는
작가의 강사료는 대체로 다음과 비슷할 것이다.

강의 및 행사 강사료

- 군대: 교통비
- 중 · 고등학교: 40-50만 원(학교 내 진행 시에 한함)
- 백화점 · 문화센터 · 도서관 및 작은 행사: 50-100만 원
- 대학교 및 도시 차원의 큰 행사: 150만 원
- 기업 강의 및 큰 행사: 최소 200만 원 이상(일반화 어려움)

　돈 이야기에 민망할 지경이지만, 강의를 시작하는 사
람에게 반드시 자기 가치를 제대로 평가할 것을 당부하
는 마음에서 안내한다. 강의를 시작하며 초심자의 겸손
함에 스스로 자기 강의의 가치를 지나치게 낮게 평가하
지 말라고 하고 싶다. 당신의 이야기는 충분히 가치 있
다. 강의료는 단순히 1시간 동안 말하는 것에 대한 보상
이 아니다. 자기만의 이야기를 만들기 위해 쏟아부은 시
간에 대한 대가이다. 그리고 1시간을 강의하기 위해서

는 그 몇 배의 준비 시간과 노력을 기울여야만 하는 것
이다.

그렇다고 모든 걸 수치화해서 돈만 좇아 움직이지는
않는다. 교통비만 드릴 수 있다고 조심스레 말을 건네는
어려운 여건의 단체나 전교생 10명 이하의 작은 규모의
시골 학교, 군대 등 나의 이야기를 듣고 싶어 하는 곳이
의미 있는 청자로 가득할 때면 언제든 강의료보다 의미
를 따라 출동하는 걸 망설이지 않는다. 한 번은 독자들
얼굴이 너무 보고 싶어서, 한 게스트하우스에서 강의를
열었다. 순창에 있는 오래된 한옥 게스트하우스는 오래
된 여행자들이 모이는 사랑스러운 공간이었다. 나는 게
스트하우스의 대장님과 말을 맞춘 끝에 1박 2일간의 강
연회를 만들었다. 낮에는 놀다가 저녁에는 강의하고 모
닥불을 피고 맥주를 마시는 일정이었다. 내가 낮잠을 자
고 있으면 독자들이 찾아와 자연스레 함께 낮잠을 자기
도 하며 소소하고도 특별한 시간을 보냈다.

강의 시작 전에는 서간문을 함께 썼던 친구 수현이 베
스킨라빈스 아이스크림을 인원수만큼 보내줘서, 독자들
이 툇마루에 앉아 아이스크림을 먹으며 내 이야기를 듣
기도 했다. 나의 신간에 나오는 이야기와 내 마음의 근육

을 키우는 방법 같은 것을 이야기한 후에 밤이 늦도록 맥주와 함께 피어오르는 낭만을 즐겼다. 그날은 내가 밥도 사고 술도 샀다. 다음 날에는 커피도 샀다. 내 강의료는 숙소 주인장이 건네준 고추장이었으나 이미 아침에 비빔밥을 만들어 먹느라 그것마저 다 사라지고 말았지만, 내 마음은 즐거움으로 가득했다.

이런 강의를 하면 돌아가는 발걸음도 가볍다. 독자에서 청자가 된 이들의 얼굴을 마주하면 묘한 힘을 얻기 때문이다. 통장에 쌓이는 돈보다, 내 이야기를 경청하는 이들로부터 힘을 두둑이 얻는 게 훨씬 중요하기 때문이다. 그들이 없었다면 나는 이 일을 지속하지 못했을 터니까.

✦ 강의하며 나를 향한
마음 치료를 겸하다

        팬데믹 시기에 우울증을 앓은 적 있다. 스스로 생각하기에 기질적으로 씩씩한 사람이라, 어떤 일이 닥쳐도 이겨낼 수 있을 만큼 평생 우울과는 거리가 멀다고 생각했다. 2020년, 아주 소중한 친구를 떠나보내고 몇 달 후에 급작스럽게 우울증이 찾아왔다. 그 친구의 주변을 챙기느라, 정작 내가 슬퍼할 시간이 없던 게 문제였다. 슬픔을 직면하지 않으려고 한 것도 문제였다. 나는 계속해서 변해가는 나를 모른 척했다.

    단순히 성격이 신경질적으로 변했다고 생각했지만 신체에 급격한 변화가 찾아왔다. 머리가 듬성듬성 빠지기 시작했고, 일주일 만에 6kg이 빠져 40kg이 겨우 넘었다. 가슴이 너무 쿵쿵 뛰었다. 그제야 내 몸이 최후의 통보를 하고 있다는 걸 깨달았다. 나는 곧장 병원으로 달려갔다. 아주 허름한 병원의 외관과 다르게 유난히 인자한 표정의 의사가 그날의 마지막 환자로 나를 받았다. 나는 그의 얼굴을 보자마자 왈칵 눈물을 터뜨렸고, 그는 나를 다독이며 계속 질문을 이어갔다.

질문은 단계에 단계를 쌓아갔다. 떠난 친구의 이야기부터 내 삶, 최근에 있던 재밌던 이야기, 어린 시절 가장 상처 받은 일. 의사에게는 다양한 주제의 대화를 하나의 흐름으로 묶는 재주가 있었고, 덕분에 나는 누구에게도 하지 못한 이야기를 터놓게 되었다. 말할수록 눈물이 거두어졌다. 진료비는 약값까지 8,400원이었고, 나는 매주 그를 찾아 수많은 이야기를 했다. 아마 그 의사는 애인과 엄마를 제외하고는 내 삶에 대해서 가장 많이 아는 사람일 것이다.

세 번째 치료 만에 나는 청소와 빨래를 시작했고, 타인의 농담을 불쾌하게 듣지 않을 정도가 되었다. 의사는 늘 1시간씩 시간을 내어주었는데, 자신의 경험을 절묘하게 섞어서 질문하는 덕에 나는 늘 솔직해질 수 있었다. 내가 심각하다고 생각한 어떤 일은 말하고 보니 별것 아니었다는 것도, 아무것도 아니라고 생각한 작은 일은 심각한 일이었다는 것도 깨달았다.

대화하면 할수록 내 삶의 모호하던 감정이 머릿속에 차곡차곡 정리되었다. 아픈 건 아픈 거고, 기쁜 건 기쁜 거였다. 빠진 살이 다시 붙고, 과일의 신선함을 느끼며, 책을 읽으며 눈물 흘린 어느 날 나는 친구가 떠나간 것이 몹시 아프고 고통스럽고, 내 인생에서 그 일이 평생 지대한 영향을 끼칠 것이라는 사실을 깨달았다. 그 감정을 인지하니 '가슴이 미어진다'라는 표현이 정확하게 이해됐다. 온몸으로 나의 감정을 느끼고 이해한 후에 얼마 지나지 않아 더 이상 병원에 오지 않아도 된다고, 다시는 안 봤으면 좋겠다는 의사의 말을 듣고 병원을 나섰다.

말의 힘은 위대하다. 아무리 힘들어도 어떤 이의 한마디에 일어나고, 깊게 쌓인 오해가 풀어지는 것처럼. 우리는 삶 속에서 말 못 할 이야기를 가슴 한편에 두고 산다. 때로 그걸 꺼내어 직시할 필요가 있다.

세계여행을 시작하기 전에 나는 속이야기를 잘 하지 않는 사람이었다. 혼자서 이겨내고 버티면 그게 강한 거라고 생각했다. 어쩌면 그렇게 스스로 속이면서 어려운 환경을, 고단한 상황을 겨우 버텨온 건지 모르겠다.

나는 어린 시절부터 힘든 일들을 가슴에 묻어두고 자

랐다. 나보다 더 힘들었을 내 가족에게 감히 터놓으면 안 된다고 생각했다. 그러나 상처는 숨겨두면 고름이 생기고, 딱지가 앉는 끝에 흉터가 남는다. 사건은 이미 벌어졌어도, 감정은 스스로 직면하지 않으면 해결되지 않기 때문이다.

흉터투성이가 되어버린 성인이 되었을 때, 나를 치유하는 것 중 가장 괜찮았던 건 '표현'이었다. 말과 글을 통해 스스로 아픔과 직면하고 때로는 내게 그리고 타인에게도 보이는 연습을 했다. 여행에서 배운 용기였다. 여행지에서 만난 여행자와 깊은 이야기를 종종 나눴다. 대나무 숲처럼, 다시는 보지 않을 사람이라고 생각했기 때문이었다. 어린 시절처럼 나를 색안경 낀 눈으로 보는 사람은 없었다.

내게 있는 상처를 다른 누군가도 지닐 수 있는 거라는 걸 알았을 때, 큰 위로가 되었다. 나아가 상처를 더 많은 사람과 공유했을 때 그것이 비로소 오래 남아있던 아픔을 치유하는 방법이라는 것을 깨달았다. 늦게나마 나와 직면했다. 처음 속이야기를 글로 풀어냈을 때는 글 쓰는 내내 울었다.

수십 번 강의했어도 어린 날의 이야기를 꺼낼 때는

눈물이 났다. 비참한 가정환경과 그것을 감추려 애쓰던 유년의 나를 생각하기만 해도 고통스러웠다. 많은 이의 마음속에, 같은 경험이 있는지 당시 강의는 나의 이야기를 듣는 청자와 그들에게 이야기하는 화자인 나의 눈물로 이루어진 날이 많았다. 아픔을 글로 드러낼수록, 말할수록 눈물이 거두어졌다.

여자 고등학교 강의에서 한 청자가 울기 시작하자, 다른 청자들도 같이 따라 울어 난처한 적도 있다. 그럴 때면 고등학생 시절 안시내로 돌아가 그들을 부여잡고 마음으로 울고, 눈으로 어르며 달랬다. 어른이 된 그들은 아직도 종종 연락해 온다. 어른이 유난히 많던 한 도서관 강의에서는 강의가 끝난 후 그곳의 모든 엄마가 날 꼭 안아주었다.

그러다 어느 순간부터 청자들이 보내는, 나를 이해하는 눈빛이 내게 완벽한 치료제가 되었다. 2020년 어느 겨울에 의사 선생님과의 대화를 통해 아픔을 풀어내던 것처럼. 가난을 버텨내고, 떠나고, 꿈을 찾고, 넘어질 때마다 일어서는 법을 강의로 전하다 보니 어느 순간 나의 결핍으로 가득한 과거가 치유되어 있었다.

이토록 내면의 이야기를 꺼내기는 어려운 일이지만,

그만큼 어렵게 꺼낸 이야기는 강력한 마음의 치료제가 되었다. 강사가 내게 직업으로서 매력적인 이유는 사람들에게 용기를 주는 데서 얻는 뿌듯함 때문만은 아니다. 나 자신 역시 치유되기 때문이다. 나와 비슷한 환경의 친구들이 공감해 주고 그들에게 용기를 전했을 때의 기쁨은 이루 말할 수가 없다.

어떤 아픈 이야기도 수백 번 말하니, 더 이상 아프지 않게 됐다. 많은 사람이 내게서 공통점을 찾으며 위로받았고, 그들의 다정한 시선에 내가 위로받는 마데카솔 같은 시간을 보냈다. 그런 의미에서, 나는 누구나 자기 삶에서 체득한 이야기를 들려주는 강사가 될 수 있다고 자부한다. 진짜 이야기는 누군가의 공감을 살 수 있다. 어렵지 않다. 작은 모임부터라도, 자기 내면의 오롯한 이야기를 해보길 바란다. 스스로 이겨내는 사람도 강하지만, 손을 내밀 수 있는 사람이야말로 강한 사람이다. 아픔을 내보이는 용기가 있기 때문에.

✦ 존버 3년이면
못 이룰 게 없다

누구에게나 인생을 변화시킬 기회가 온다는 말이 있다. 하지만 스스로 준비되어 있지 않으면 눈치챌 수 없기에 기회를 놓친다고 한다. 나는 혹시라도 다가올 기회를 나의 부족함과 안일함으로 놓칠까 봐, 이 자명한 사실을 깨달은 어느 날부터 인생을 허투루 살지 않았다.

여행 관련 직업이라면 과거에는 여행사나 항공사 등을 떠올리기 쉬웠지만, 여행 시장이 점점 커지면서 관련된 직업도 늘고 있다. 그리고 다양한 분야의 콘텐츠에 대한 청년층의 수요가 높아지면서 크리에이티브한 직업이 주목받고 있다는 걸 체감하는 요즘이다.

우후죽순 생기는 여행 콘텐츠 창작 온라인 클래스

와 그에 따르는 엄청난 수의 수강생은 여행 크리에이터라는 걸 꽤 많은 사람이 직업으로 꿈꾼다는 것을 증명한다. 내게도 많은 질문이 온다. 최근 들어 강의에서도, SNS 메시지로도 질문의 빈도가 더 잦아졌다.

"저도 도전하고 싶어요. 퇴사해도 될까요?"

"열심히 투고하는데, 왜 저는 잘 안될까요?"

"제가 너무 유명하지 않은 나라만 여행해서 사람들이 제 글을 봐주지 않는 걸까요."

"이번에 여행 다녀왔는데, 책 내고 싶어요!"

"어떻게 하면 작가님처럼 여행으로 먹고살 수 있을까요?"

"여행작가는 대학에 안 가도 할 수 있는 거죠? 저 그럼 할래요!"

한때 '존버'라는 인터넷 용어가 유행했다. 비속어를 싫어하지만, 이 말은 주문처럼 외우고 살았다. 인생의 모토처럼. 존나 버티기. 어떤 어려움이 닥치더라도, 존나게 버티기.

여행 업계에서 일하고 싶다는 사람에게 일부러 조금 따끔한 말투로 되묻곤 한다. "3년 정도는 수입 없이 버틸 각오를 하셨나요?", "책을 내고 싶다고 하셨는데, 글은 얼마나 쓰셨나요? 원고를 통째로 보내주시면 제가 봐드릴게요. 혹시 투고는 해보셨나요? 아니면 만들어 놓은 출간 기획서는 있나요?" 내가 물었을 때 제대로 답하는 사람은 안타깝게도 약 10분의 1뿐이다. 시작한 지 몇 개월 만에 결과를 바라거나, 원고를 한 페이지도 쓰지 않았으면서 책을 내고 싶다는 사람이 대부분이다.

나는 그런 이들에게 말한다. 딱 3년만 최선을 다해 도전할 수 있다면 할 수 있다고. 대신 모든 욕심을 버리고 그 기간을 스스로 성장하는 데 써야 한다고. 3년 내내 노력하지 않으면 할 수 없는 일이니, 애초부터 발 들이지 않는 게 좋겠다는 말을 덧붙인다. 여행으로 수입이 전무하다 싶을 때, 나를 말리고 취직을 권하는 엄마에게 말했다. 안 되더라도 끝까지 하지 않으면 후회할 것 같다고. 인생이 조금 늦춰져도 괜찮다고. 엄마는 그런 나를 인정한 건지 더는 말이 없었다.

그때 나는 신체적으로 많이 지쳐 있었다. 그러나 스스로 돈을 모으고 세계여행을 다녀왔다는 사실이 무엇이든 할 수 있다는 용기를 주었다. 당시의 나는 무언가 도전할 상황이 아니었다. 경제적 독립은 대학 입학과 동시에 했지만, 여행을 마치고는 엄마의 삶까지 책임지고 있었기 때문이다. 이런 상황이 내 어깨를 너무 무겁게 하여 많이 비관하기도 했다. 그러나 나는 먼 미래의 내가 스스로 탓하게 두고 싶지 않았다.

여행N잡러 초기에는 수입이 전무했다. 첫 책의 인세가 어느 정도 나왔지만 엄마의 빚을 갚고, 심각한 상태이던 치아를 교정하느라 다른 일로 돈을 더 버는 수밖에 없었다. 학업과 아르바이트를 병행했다. 학비야 국가장학금이 나온다고 쳐도 베이비시터를 다시 하지 않으면, 여러 가지 프로젝트를 끌고 갈 여력이 없었다. 학교를 갔다가 아이를 돌보고, 여러 가지 기획서를 쓰는 삶을 계속해서 이어 갔다. 못 버틸 것 같으면 휴학하면서 꿈을 지속시켰다. 책을 출간하고도 나만의 파이프라인을 만들고 안정적인 소득을 얻기까지 정확히 3년이 걸렸다.

그 3년이 팬데믹도 버티게 해줬다. 물론 심적으로 불안했지만(너무 불안해서 잠 못 드는 밤도 많았지만), 불안해한다고 나아질 건 없기에 할 수 있는 것들을 찾았다. 작게는 각종 지원금을 찾아봤다. 예술인으로 등록하면 나라에서 지원해 준다는 것도, 청년 수당이 나온다는 것도 그 시기에 처음 알았다. 물론 지원금이 크지 않고 내 배움에 대한 투자와 여행에 대한 소비도 줄지 않아 결국 통장 잔고가 0원인 순간도 있었지만, 움츠리지 않고 한창 달릴 때는 바빠서 못 해본 것들을 했다.

제주에 살면서 글을 쓰고, 두 가지 주제로 에세이 메일링 서비스도 진행했다. 산문집 한 권을 출간했고, 친구들과 심기일전해 독립출판도 해봤다. 책의 내용으로 전시도 열었다. 때때로, 나와 일했던 곳들에 감사와 나를 다시 찾아 달라는 의미를 담아 안부 인사를 돌렸다. 그렇게 나를 잊을 수도 있는 사람들에게 내 존재를 각인시키는 일들을 계속했다. 공모전에도 나가고, 하루에 1권 이상의 책을 읽었다.

그 당시 감독을 꿈꾸던 한 친구가 말했다. 친구는 회사의 문제로 퇴사해야 했다. 당장 일을 못 하게 된 상황이 너무 힘들지만, 정말 원하는 영화를 찍기 위해서 막노동을 하면서 자금을 모을 수 있다고. 영화만 생각하면 막노동 같은 일은 아무것도 아니라고. 꿈이 있는 사람들의 깡은 어떤 전염병이나 훼방꾼보다 훨씬 세다는 것을 나는 계속해서 느끼고 있었다.

3년은 생각보다 긴 시간이다. 하루에 글 한 장씩만 써도 책 몇 권을 낼 수 있는 분량이다. 사진을 못 찍던 사람도 몇만 장은 찍을 수 있는 시간이다. 책을 백 권만 읽어도 인생이 바뀐다는데, 3년이면 100권을 훌쩍 넘게 읽을 수 있다. 제로베이스에서 시작해도 꾸준히 하면 준전문가가 되는 시간이다.

1년간 어떤 분야의 '초보' 기간을 거치고, 1년을 더 '숙련'하고, 전문적인 역량으로 능력을 발전시키는 1년을 보내면, 모자란 결과물일지라도 최소한 결과물은 나온다. 악으로만 버티는 것이 아니라 스스로 발전시키며 보상 없이도 지치지 않아야 한다. 한 우물만 파서 안 된다면, 다른 우물도 같이 파야 한다. 일례로 열심히 투고했는데도 출판사에서 답이 없다는 이에게 나는 다음과 같이 조언한다.

"인지도를 높이세요. 다양한 미디어를 운영해보고, 꾸준히 당신의 글을 노출해 보세요. 브런치와 페이스북, 블로그, 인스타그램 어디든 좋아요. 구독자 1,000명만 모아보세요. 당신의 독자를 모은 후 다시 투고해 보세요. 출판 시장은 어렵습니다. 독자와 실력을 확보한 작가가 이미 많습니다. 증명이 필요합니다. 혹여 글에 정말 자신이 있다면, 등단을 준비하셔도 됩니다."

돌이켜보면, 꾸준히 노력하는 사람 중 결국 이루지

못하는 사람은 없었다. 3년 동안 유튜브 조회수가 안 나왔지만 최근 방송에 출연함과 동시에 유튜브 알고리즘까지 터진 친구 A도, 내 수업의 수강생 J도 그리고 나도.

A는 남들이 보면 운 좋게 시기를 잘 탄 것 같으로 보이지만, 조회수가 나오지 않아도 3년이 넘도록 꾸준하게 유튜브에 영상을 업로드하여 방송 작가의 눈에 띄게 되었다. 나는 《악당은 아니지만 지구정복》 외에도 많은 걸 가진 사람이라는 걸 보여주기 위해서, 그 외의 안시내를 만들기 위해 수많은 프로젝트를 개척해 갔다. 여행업을 하기에 사진 실력을 향상시켜야 할 필요성을 느끼고, 사진작가들의 강의를 쫓아다녔다. 다행히 차츰차츰 나의 사진이 조금이나마 나아졌다.

학생 J는 나의 에세이 정규 클래스 수강생이었다. 처음 그의 글을 읽었을 때는 정말 평범하다고 생각했다. 과연 그의 꿈대로 여행작가가 될 수 있을지 의문이 들었다. 재능 있는 학생들이 클래스 안에 많았다. 수업의 중반부가 되자 J에 대한 인상이 조금 바뀌었는데, 그는 누구보다 열심히 숙제를 해오는 학생이었다. 종강 후에도, 귀찮을 정도로 내게 질문하며 노력하는 학생으로 각인되었다. 매주 글을 쓸 때마다 내게 검토받았는데 수업료를 더 받아야 하는 게 아닌가 생각이 들 정도로 글에 대한 많은 피드백을 구하던 학생이다. 그런 꾸준한 노력 덕분에 J의 글솜씨는 일취월장했다. 그는 놀라울 만큼 내가 가르쳐 준 것들을 잘 수행했다. 일주일에 한 번씩 자신의 글을 온라인에 발행하기, 출간 기획서 작성해 보기, 출판사마다 개별로 정성 어린 출간 기획서 보내기 등. 꾸준히 글을 쓴 지 반 년이 지났을 때쯤 그는 수강생 중 최초로 원고 청탁을 받게 되었다. 그가 글로 돈을 벌게 되었다는 말에 나 역시 뛸 듯이 기뻤다. 노력과 꾸준함은 배반하지 않는다는 나의 생각을 그가 증명해 보였기 때문이다.

내가 나를 믿지 않으면 누가 나를 믿을까. 혹시라도 주어질 기회를 스스로 놓치는 일이 없다면 좋겠다. 꿈을 꾼다면 지금부터 나아가면 된다. 시도조차 하지 않는 자를 노력하는 자를 절대 따라잡을 수 없다. 길어도 딱 3년. 서당 개도 3년이면 풍월을 읊는다. 무엇이든, 안 할 뿐이지 못할 건 없다.

✦ 꾸준함을 유지하기 위해
일 씨앗을 뿌린다

주변 사람들은 주위에서 가장 게으른 사람으로 고민 없이 날 꼽을 만큼 나는 유명한 게으름뱅이다. 3개월씩 등록해 놓은 헬스장에 3번 가면 많이 간 거고, 약속이 없으면 며칠간 씻지 않을 때도 많다. 침대에 누워 겨우 손가락만 움직이는 날이 부지기수다. 나를 가장 가까이서 지켜보는 애인은 이렇게 말했다.

"시내는 진짜 게으르거든. 계속 누워 있고, 나가는 거 싫어하고. 근데 일할 때만 눈이 반짝반짝해. 특히 글 쓸 때. 일도 엄청나게 빨리 하잖아."

그는 내가 본 사람 중 가장 부지런하고 규칙적인 사

람이다. 매일 이른 아침 일어나고, 일주일에 다섯 시간은 운동하고(여행지에서도 매일 헬스장을 찾는다!), 할 몫이 다 끝난 후(밤 10시 이후)에야 비로소 맥주 한 잔을 들이키는 사람이다. 그러니 하루를 허투루 보내는 것을 가장 싫어한다.

그런 그가 보기에 정오에야 일어나 침대에서 뒹굴뒹굴하다 겨우 노트북을 켜고, 그 앞에서 한참을 뭉그적거리다 책을 읽고, 웹 서핑을 하다가 (그가 일과를 마치는) 밤 10시가 되어서야 작업을 시작하는 나는 볼 때마다 놀라운 생명체일 것이다. 어떨 때는 며칠 내내 침대를 벗어나지 않고 있다가, 마감 며칠 전부터 단 한 시간도 자지 않고 눈에 불을 켠 채 일하는 나를 보며 고개를 젓기도 한다. 이런 땐 내게 소위 '마감 신'이 들린 것이다.

나는 남들보다 에너지가 다소 적다고 생각한다. 운동을 안 한 탓인지(어쩌면 나중에 살기 위해 운동을 시작할지도 모른다고 생각하기도 했지만) 모르지만, 외부 일정을 하나만 하고 집에 돌아와도 온몸이 너덜거린다. 그래도 운동하기는 죽어도 싫은 나는 매일 이 적은 에너지를 어떻게 꾸려갈지 요모조모 계획한다. 하루의 일과를 시작하기 전에 다짐한다. '오케이. 오늘의 에너지양은 총 40점.

12점은 친구와 커피를 마시는 데 쓰고, 8점은 좋아하는 재봉틀을 하는 데 쓰며, 남은 20점은 죄다 글 쓰는 데 쓰겠어'라고.

내가 하는 다짐은 지켜지지 않는 날이 더 많지만, 매일 같이 되뇌다 보면 일주일에 두세 번이라도 지켜지기에, 그래야 글을 쓸 수 있기에 매번 나를 향한 주문을 외운다. 작가로서 생업을 이어가기 위해서는 꾸준히 써야 한다. 오랜만에 운동하면 온몸이 쑤시듯 오래도록 쓰지 않다가 노트북을 열 때는 빈 화면의 공포를 마주해야만 한다. 그리하여 일이 없을 때라도 나는 어떻게든 쓸거리를 만들어낸다.

《Paradise in your heart》라는 웹 문학지를 만들어 단편 소설과 가벼운 산문들을 발간했고, 1년간 감독으로 활동하는 친구 수현과 주고받은 편지를 엮어 서간문 에세이인 《우리의 단어가 편지가 될 수 있을까》라는 독립 출판물을 발간하기도 했다. 최근에는 하루의 루틴을 만들어 주는 플랫폼인 '밑미(Meet me)'와 협업하여 '나만 보는 비밀 편지'라는 모임을 만들어서 일주일에 세 번씩 타인을 향한 글을 쓰고 있다. 그 그룹에서는 매일 일상을 주고받고, 어디서 누구에게 글을 쓰는지 가벼운 수다를 떠는데, 서로 다정히 감독하는 게 글을 쓰게 하는 원동력이 된다. 이런 여러 가지 프로젝트는 소정의 금액을 받아 유료 연재할 때도 있고, 무료로 진행할 때도 있다.

꾸준히 창작물을 제출해야 한다는 건 제법 고통이 수반되는 일이다. 문학지의 마감일을 지키기 위해 손이 덜덜 떨리던 날도 있다. 내가 구독하는 메일링 서비스에서도 가끔 '오늘은 도저히 못 쓰겠다'라고 말하는 작가들이 있는데, 그들의 심정이 너무 절절히 이해되어 응원의 응답을 하곤 한다. 나에게 여러 가지 마감을 쥐여주는 것은 고통스럽다. 그러나 모든 프로젝트가 끝난 후 쌓인 결과물은 결국 이런 나의 느슨하고도 규칙적인 행위를 멈추지 못하게 한다.

애초에 돈을 벌기 위한 목적보다는 책임감을 느끼며 꾸준히 글을 쓰기 위한 게 목표라서, 무료 연재가 내게는 훨씬 마음이 편한 방식이다. 서간문 프로젝트의 경우 1,000명이 훌쩍 넘는 구독자가 있었는데, 무료로 진행했다. 통장에 쌓이는 돈보다 그들이 보내는 응원과 격려, 그리고 책임감이 나의 '쓰는 힘'을 키우는 데 훨씬 도움이 되었다고 확신한다.

당장 내게 도움이 되는 건 없어 보여도, 농부가 씨를

뿌리듯 꾸준하게 쓰기 위해 이렇게 쓰는 일들을 만들어 본다. 일단 자리에 앉아 한 줄이라도 적어본다. 글은 실타래 같아서 시작만 하면 조금씩 풀려간다. 계속 떠오르는 생각을 덧붙이다 보면 어느새 한 장이 되고 한 권의 책이 된다.

게으른 나는 글쓰기를 꾸준히 하기 위해 이렇게 글씨앗을 뿌려두는 것이다. 글쓰기 운동이라고도 할 수 있는 이 일은 나의 글쓰기 근육을 더욱 단단하게 만들고, 키워준다. 글쓰기 근육은 시작할 때는 보잘것없었지만, 점점 성장했고 견고해졌다. 10년간 꾸준히 써오니 알겠다. 작가로 활동을 시작하던 때에 느끼던 막막한 감정도 희미해졌다.

이제는 내가 끝까지 잘 쓸 수 있다는 확신이 있다. 작은 성취를 해본 사람은 큰 성취가 가능된다. 성취할 수 있을지 없을지 스스로 의심하지 않는다. 티끌 모아 태산, 가랑비에 옷 젖는 줄 모른다는 옛말은 틀린 게 없다.

✦ 사람이
일을 가져온다

　　프리워커 세상에서 가장 중요한 건 물론 개인의 실력이다. 모든 직업을 통틀어서 실력이 중요한 건 맞다. 하지만 프리워커 세상은 좀 다르다. 업계에서 구르다 보니 사실 실력보다 더 중요하게 느껴지는 게 있다. 이쯤 되면 눈치 빠른 독자는 알아차릴 수도 있겠다.

　　바로 '인맥'이다. 내게 주어지는 모든 일은 사람을 통해서 만들어지고 이어지기 때문이다. 인맥이 중요하다고 해서 누군가에게 아부하라거나 잘 보이라는 게 아니다. 사람과의 관계에서 기본적으로 지켜가야 할 것을 잘 지킨다면 나를 신뢰하는 사람이 늘면서, 인맥은 저절로 쌓인다. 이를 위해 내가 가장 중요하게 생각하는 건 아주 단순한 것들이다.

첫 번째. 신의를 지킬 것. 선약은 중요하다. 매년 연말이면 내게 강의를 요청하는 작은 중학교가 있다. 어느 날 같은 날짜에 1,400여 명의 청자가 있는 대형 강의 건이 들어왔고, 강의료는 중학교의 세 배였다. 모 중학교에 강의가 있어서 안 된다는 말로 거절하자, 섭외 측에서는 당황했다(이곳도 세 번째로 섭외하는 곳이다). 왜 이렇게 큰 자리를 거절하느냐는 것이었다.

나는 나의 원칙이라는 말을 전하고 후배 작가를 연결해 주었다. 초보 강연자이던 그녀는 대형 강의가 처음이라며 떨린다고 했지만, 잘 해냈다는 연락을 받았다. 그 업체 역시 내게 종종 강사를 추천받고, 나와 그녀에게 골고루 강의를 요청한다. 해당 중학교에서는 물론 이 일을 모르지만, 매년 연말이 되면 언제나 그랬듯 나에게 연락을 준다. 참 감사한 일이다. 종종 금액 문제로 일정을 뒤바꾸는 사람들의 이야기를 듣는데, 이러면 업무를 주관하는 곳에서는 강사를 새로 섭외해야 하는 등 굉장히 난처해진다. 종종 강의를 펑크낸 강사들의 '땜빵' 강의에 나가며 그들에 대한 이야기를 듣는다. 업계가 좁다. 오래오래 일하고 싶다면 소탐대실에 주의해야 할 것이다.

  타인의 이야기를 잘 하는 것도 큰 도움이 된다. 전교 생을 대상으로 수업한다면 같은 학교 강의를 어차피 매 년 할 수는 없는 노릇이다. 그래서 강의를 마친 후에 나 는 늘 주변의 괜찮은 강사님들을 추천해 주고 온다. 이 강사님은 어떤 것이 강점이며, 얼마나 말을 잘하는지 같 은 것들을 곁들이면서 말이다. 얼마 전, 한 강사님께서 내 추천을 받고 섭외 요청을 받았다며, 덕분에 즐겁고 행복한 강의를 할 수 있었다고 예쁜 향수를 선물한 적도 있다.

  두 번째. 주어진 과업을 잘 해낼 것. 결국 인맥이라 는 것은 실력이다. 업계가 좁다. 아프거나, 바빠도 해야 할 몫을 제대로 해야 한다. 내가 실력에서 가장 중요하 게 생각하는 것은, 기한을 맞추는 거다. 나 역시 이게 어 려웠다. 콘텐츠 작업이나 기고를 할 때 완벽하게 만들지 못한 것을 보내기 부끄러워 제출을 차일피일 미룬 적이 있다. 그러나 기한 내에 보내기만 한다면 상대가 피드백 을 할 시간도, 함께 아이디어를 모아 더 좋은 결과물을 만들어낼 가능성도 커진다.

  잘하는 것 역시 중요하다. 가끔 업무처에서 '마음대 로, 자유롭게 해달라'는 요청이 올 때가 있는데, 가장 곤

란한 요청이다. 막상 다 만들고 나면 원하던 것이 아니라는 피드백을 들을 때가 있다. 나는 일을 두 번 하는 것을 방지하고, 더 만족할 결과물을 보내기 위해 가이드라인을 꼬치꼬치 캐묻는다. 가이드라인만 따라도, 평균은 한다. 일을 '잘'하기 위해서는 상대방의 니즈를 파악하는 게 우선이기 때문이다.

주어진 과업을 잘 해내지 못하면 다시 부르지 않을 것이고, 주어진 과업을 보다 더 잘 해낸다면 계속해서 함께 일하고 싶을 것이다. 그래서 내가 좋아하는 기고 건이 단발성으로 들어오는 경우라도 최선을 다해, 기한 내에 원고를 작성한다. 그렇게 들어온 일들을 대부분 정기 연재로 돌리게 되었다. 강의와 콘텐츠 제작 또한 그렇다. 잘 해내면, 일이 계속 들어올 수밖에 없다. 특히, 학교 강의의 경우에는 한 번 최선을 다해서 해낼 때마다 내 이름이 지역에 있는 다른 학교에도 떠돈다. 대충 일하고 돈만 받는다는 마음은, 수요는 적고 공급은 많은 이 세계에서는 통하지 않는다. 잘하는 사람은 차고 넘치기 때문이다.

세 번째. 예의를 지킬 것. 너무 어린 시절부터 업계에 들어와 처음에는 학창 시절 친구에게 하는 것처럼 모두에게 친근하게 군 적도 있다. 지금 생각하면 죄송하고 창피한 일이다. 현재는 일로 만나는 사람을 대할 때는 업무에서 쓰는 용어를 사용하고, 기본적인 비즈니스 매너를 갖추려고 한다. 특히나 나처럼 기본 업무 소통을 서면으로 하는 사람에게 이메일 예절은 중요하다. 어렵지 않다. 상대의 직무와 이름을 정확히 숙지한 뒤 간단한 안부 인사를 먼저 전하고 업무 관련 내용을 작성한 후에 날씨 이야기로 마무리한다. 봄이면 따뜻한 나날 보내라는 덕담, 환절기에는 감기 조심하라는 멘트로 마무리한다.

거절 이메일을 쓰는 것도 중요하다. 조건이 맞지 않고, 일하지 않을 곳이라 대충 거절하는 한 줄짜리 이메일은 '읽씹'과 다를 바 없다. 친절한 이메일을 받고, 조건을 맞춰주는 경우도 있으며, 그렇지 않더라도 상대는 언제든 나와 다시 일할 수 있는 사람이기 때문이다. 업계의 특성상, A회사에 다니던 사람이 B회사로 이직해 나를 비슷한 일로 다시 섭외하는 경우도 많다. 그래서 예의를 갖추고, 지금은 사정이 맞지 않아 아쉽지만 언젠가는 꼭 함께 일하자는 뉘앙스를 담아 정중히 회신한다.

일반적이고 단순한 사항이지만, 사람을 대하고 관계

를 관리하는 데 가장 기본적이고 중요한 부분이다. 나는 사람을 너무 좋아하는 성격이라, 실제로 만나게 되는 많은 담당자와 결국 친구가 되어버리곤 하지만, 만나기 전에 특히 서면으로 첫 대면하게 되는 업무 담당자와 앞선 세 가지 사항을 꼭 지켜서 처음 관계를 잘 맺고, 이어가고자 노력한다. 단순하고 기본적인 것을 잘 지킨다면 어떤 업계에서든 나와 함께 일하고 싶을 것이다.

✦ **애매한 사람으로
완전한 삶을 살다**

　나는 어린 시절부터 늘 애매한 사람이었다.
유별난 부분이 없었다. 분명 잘하는 게 많은 것 같으면
서도 콕 짚어서 말할 수 있는 게 없었다. 내게 있는 재능
은 모두 딱 '애매한' 만큼의 재능이었기 때문이다. 팔방
미인 말고 오방미인 정도 되는 재능. 이런 나를 보면 영
화 〈500일의 썸머〉의 여주인공 썸머가 떠오른다는 사람
도 있다.

　썸머를 보고 나를 떠올린 사람은 평범한 듯, 은근히
재주가 많고, 유별나게 돋보이지 않는 것 같으면서도 열
심히 일하고 잘 웃는 모습이 예쁘고 매력적이라는 의미
를 담아서 전한 것이었다. 고마운 말에 기쁘기도 했지
만, 나의 애매함을 보인 것 같기도 하여 쑥스러웠고, 기

분이 은근히 좋기도 했다. 애매함이 이렇게 받아들여질 수도 있구나 생각했다.

그림 그리는 걸 좋아했다. 평균보다는 잘 그리는 편이었지만, 진짜 잘 그리는 애들은 내 그림을 보고 코웃음을 쳤다. 어린 날 누군가 내 말투가 앵커 같다는 말에 잠시 아나운서를 꿈꾼 적도 있다. 외모가 엄청나게 뛰어나야 한다는 사실에 곧장 포기했다.

최상위권 대학에 가고 싶었지만, 성적이 애매해 적당한 대학에 갔다. 학창 시절에는 사진 찍는 것도 좋아해서 싸이월드 투데이 수가 높았지만 그렇다고 '투멤(지금의 인플루언서)' 정도는 아니었다. 그나마 글 쓰는 게 제일 나은 것 같은데, 그마저도 학교에서 상 몇 번 탄 게 전부다. 그래서 늘 어떤 것에 대단한 재능이 있는 사람을 부러워했다.

학창 시절에 보면 그런 사람들 있지 않나. 엉덩이 힘이 좋아서 공부하는 것에 지치지 않는 전교 1등과 정말 예뻐서 모델을 하게 된다거나, 천부적인 글솜씨로 미리 진로를 정해서 문창과에 들어간다거나, 매일 쉬는 시간이 되면 그림을 그려달라고 친구들이 그 주변에 모이는 각 학교의 '피카소' 같은 사람, 하나의 꿈을 가지고 끝까지 매진하는 사람 등.

내가 다니던 고등학교에는 유명 배우도, 유명 스케이터도, 승마 선수를 하는 친구도, 영어를 끝내주게 잘해 통역사를 하는 친구도 있다. 그들의 천부적인 재능은 어린 날부터 빛났다. 그에 반해 나의 재능은 애매했다. 중학교 때는 반 5등까지 조장을 하는데, 선생님께서 5등인 나만 쏙 빼놓고 6등을 넣은 적도 있다. 조장을 할 통솔력이 부족하다는 게 이유였다. 엄마도 선생님도 쟤는 커서 뭐가 되려나라는 눈빛으로 나를 봤다.

애매한 재능, 이럴 거면 합쳐서 하나에 몰빵해 주지. 뭐 하나라도 엄청나게 뛰어난 친구들이 늘 부러웠다. 공부를 엄청 잘한다거나, 외모가 뛰어나 연예인을 한다거나, 자기만의 확고한 예술 세계가 있거나.

하지만, 지금의 안시내는 애매한 사람으로 태어나서 참 다행이라고 생각한다. 무엇 하나를 너무 잘해버렸다면 한평생 그것에만 몰두하고 딱 하나의 직업만 가졌을 거라는 생각이 든다. 지금처럼 모델하면서, 강의하고, 콘텐츠도 만들고, 방송과 라디오를 진행하고, 여러 권의 책을 쓰는 삶이 내겐 훨씬 풍부하게 느껴진다. 이 '애매한 재능'을 열심히 갈고 닦았더니 딱 사람들의 호기심을 자아낼 정도로 가꾸어졌다.

오늘도 애매한 인간 안시내는 모든 것에 발을 담가 본다. 또 어떤 무언가를 잘할지 모르는 거니까. 재봉틀도 배워 보고, 공모전에도 도전해 보고, 높디높은 산에도 올라가 보고, 사주를 보는 것도 공부해 봤다. 최근에는 주식에 재능이 있다는 걸 깨닫기도 했다.

어떤 일이 내가 다음에 할 일인지 모른다. 내가 어떤 분야를 해낼 수 있을지, 무려 잘 해낼 수 있을지 모른다. 그러니 무엇이 나의 다음 직업이 될지도 모르는 일이다. 이제 무엇 하나 뛰어난 게 없다고 속상해하지 않는다. 우리의 삶은 길고, 불쑥 잘하는 무언가를 발견하게 될수도 있는 거니까. 〈500일의 썸머〉에서 썸머의 마지막 모습이 꽤 만족스러웠다는 걸 떠올리면, 애매한 사람인건 그것 자체가 어쩌면 재능일지도 모른다.

✦ 좋아하는 일에
지치지 않으려 노력한다

"좋아하는 일을 하고 살면 스트레스가 없겠어요."

참 많이도 듣는 말이다. 내가 여행작가로 일하며, 살아가며, 자유로운 모습을 보고선 하는 말이다. 불안정한 수입 때문에 걱정하거나 여행 중 만난 악재에 괴로워하거나(아프리카 여행에서는 배낭을 통째로 털렸다), 악플에 힘겨워하고, 일이 없을 때는 작아지는 모습 등은 겉으로 일견 잘 드러나지 않는 탓이다.

여행자로 살고 여행하기 위해서 한국에서의 업은 대부분 포기해야 한다. 모아둔 돈을 팬데믹에 싹 다 까먹었을 때의 공포는(아침이 오는 게 너무 두려워 밤이면 불면증에 시달렸다) 쉽게 표현 못 한다. 회사라는 울타리가 없는 게 때때로 나란 존재를 얼마나 나약하고 초라하게 하는지 모른다.

나는 생각이 많은 편이다. 상상력도 풍부하다. 이런 게 깊은 사고로 이어져 나의 발전에 도움이 되면 좋겠지만, 쓸데없는 생각도 많다(학창 시절에 딴생각하다 분필로 맞는 애가 바로 나였다). 길가에서 지나가는 학생과 눈만 마주쳐도 그 아이의 학창 시절, 미래, 직업, 손주·손녀까지 상상해 볼 정도이니. 물론 그런 공상과 생각은 내게 창작의 원동력이 되어주기도 하지만, 그런 생각의 집념 탓에 나는 나쁜 생각을 하게 되면 정말 끝까지 해버리고 만다. 수많은 생각으로 매일 머리가 시끄러워, 뇌에 온·오프 스위치가 있었으면 하고 바라기도 한다(이것 역시 상상이라니!).

꼬리에 꼬리를 물고 이어지는 생각 때문에 스트레스를 한 번 받기 시작하면 밑도 끝도 없이 무기력해진다. 10년간의 오르내림을 겪고 나니, 이런 오르내림의 근원은 생각이 너무 많아서라는 사실을 깨닫고, 생각을 줄이기 위해 나만의 룰을 정했다. 첫 번째는 떡볶이 먹기다. 가장 약한 단계의 스트레스로 아찔한 매운맛에 잊힐 정도의 작은 스트레스를 겪을 시 애용하는 방법이다. 두 번째는 소설 읽기다. 소설책 안의 흥미로운 이야기를 따라가다 보면 그 이야기가 나의 잡념을 가려주기 때문이다. 세 번째는 명상이다. 예전에는 매일 명상했다. 눈을 감고 머릿속에 커다란 쓰레기통을 만들고, 생각이 떠오를 때마다 그 쓰레기통에 생각을 차곡차곡 버렸다. 이렇게 10분만 명상해도 머리가 개운해졌으니 효용이 높은 스트레스 해소 방법이다. 네 번째는 재봉틀을 돌리는 것이다. 명상보다 깊은 명상이다. 다른 생각했다가는 천이 찢어질 수 있기 때문에 오로지 재봉에만 고도로 집중하게 된다. 마음 근육을 튼튼히 길러주는 나만의 마음 운동법이라고 생각한다. 최근에는 일을 시작하기 전이나 후에 당근마켓에서 찾아낸 보드게임 동호회에 간다. 게임의 룰을 생각하고 가벼운 경쟁을 하느라 잡념이 머리에 들어올 틈이 없다. 그 순간만이라도 생각의 고리를 끊을 수 있다.

이 모든 방법이 통하지 않을 때는, 다 내려놓는다. '극도'의 스트레스 단계이기 때문이다. 한동안 일을 멈추고, 내가 힘들다는 것을 인지하고 인정한다. 주변에도 말한다. 요즘 내 상태가 평소와 좀 다르니 알아달라고 손을 내민다. 도움을 요청하는 것이다. 그리고 외부적인

스트레스든 내부적인 스트레스든 내게 생긴 문제를 메모장에 적는다. 내게는 마음의 실타래를 푸는 행위가 곧 글을 쓰는 것이기 때문이다. '힘들다'라고 첫 문장을 시작하면 다음 문장으로는 어디가, 어떻게, 왜 힘든지 저절로 따라온다. 내가 힘든 이유를 눈으로 확인하면 그걸 인지하고 인정하고 풀게 된다. 쉽지는 않지만 가능한 일이다. 그리고 작은 성취를 시도해 본다. 정말 작은 것들이다. 평소라면 언마든지 할 수 있는 것들. 일어나서 이불 개기, 삼시세끼 잘 차려 먹기 등 작지만 필요한 것들 말이다. 이불을 정리하는 순간, 어질러져 있던 방이 한눈에 들어오고, 조금씩이나마 몸을 움직이게 된다. 나를 위한 한 끼의 식사를 제대로 만드는 일은 얼마나 훌륭한 일인가. 어떤 것을 먹을지 생각하고, 재료를 사고, 다듬고, 만족하며 먹는 작은 일상을 하나씩 해내다 보면 무기력에서 벗어나 점점 많은 것을 하고 있는 자신을 발견할 수 있다.

이런 시기에는 스스로 칭찬하는 것도 좋다. '아니 일어나서 이불부터 정리하고, 밥 먹자마자 설거지하는 그런 대견한 사람이 나란 말이야?' 같은 뻔뻔함이 필요하다. 그렇게 '일상을 치르다 보면' 어느새 보통의 일상이 찾아든다. 나는 수없이 흔들리는 존재이기에, 한 번에 부러지지 않을 수 있음에 감사해하며 삶을 극복해 간다. 좋아하는 일을 하는데도 힘든 순간은 온다. 좋아하는 일을 해도 힘들다. 무엇이든 힘든 게 오면, 내가 좋아하는 일을 지치지 않고 이어가기 위해, 살아가기 위해 나만의 방법으로 노력한다.

✦ 좋아하지 않는
일도 한다

　　좋아하는 일을 지속하기 위해서는 좋아하지
않는 일도 끌고 가야 한다. 좋아하는 일을 위해서는 하
기 싫은 일도 참을 수 있어야 어른이다. 이를 격언으로
삼는다는 건 아직 완전히 체득되지 않아 마음으로 되새
김질하고 있기 때문이다. 나는 대체로 내가 하는 모든
일(업무)을 다 즐기는 편이지만, 인스타그램은 조금 버
겁다. 후천적 내향인인 내가 나를 자꾸 온라인 세상에
노출시키는 것은 썩 달가운 일이 아니다. 이것이 내가
인스타그램에 '출퇴근'한다고 표현하는 이유다. 내 인
스타그램에는 공인 마크인 파란색 체크가 달려있다. 계
정을 보호해 준다는 뜻이다. 그러나 왠지 너는 타인에게
영향을 줄 수 있는 사람이니 게시글을 올릴 때 주의하라

는 뜻처럼 여겨진다. 나는 게시글을 올리기 전, 맞춤법과 띄어쓰기를 교정하고, 사람들이 불편하게 느낄 표현이나 모습이 없는지 충분히 검토한 후 업로드한다. 나를 홍보해야 할 때는 겸연쩍은 마음에 숨고 싶고, 콘텐츠를 업로드할 때는 요청해 준 곳에서 기대한 만큼 도달률이 나오지 않을까 봐 더욱더 어깨가 무겁다. SNS가 내게 편하게 느껴질 수 없는 이유다. 그럼에도 관둘 수 없는 이유는 좋아하는 일을 지속하기 위해서다.

나는 쓰는 행위를 사랑한다. 엄마의 말에 따르면 고작 6살 때 옆집 꼬마와 사랑에 빠지는 첫 시를 지었다고 한다. 상상과 염원을 담은 글도, 실타래처럼 엉킨 마음을 쓰는 글도 좋다. 더욱이 무서운 건, 일로 쓰는 글도 재밌다는 것이다. 쓰는 일을 하며, 체력적으로는 힘들어도 (디스크를 앓고 있다), 정신적으로는 늘 개운했다. 한마디로 쓰는 일은 내가 '미친 듯이' 좋아하는 일이다. 취미로 15년, 직업으로 10년을 해왔는데 아직도 지겨웠던 적이 없다. 그러나 애석하게도 글로만 살기에 원고료는 여전히 짜다. 특히, 신문이나 국가 기관에서 요청하는 건들을 하다 보면 붙잡고 있는 시간 대비 아르바이트보다 비효율적인 경우가 많다. 책을 쓰는 일, 잡지에 기고하는 일, 기사를 쓰는 일은 다른 일보다 품은 많이 들고 적은 고료를 받지만 어떤 것보다 포기할 수 없다. 재미없고 빡빡한 출장을 다녀와도 다시 그것을 기사로 쓰는 순간 나는 싱글벙글 미소를 짓는다. 어떤 글에든 활자 속에는 새로운 세계가 열리기 때문이다. 글쓰기라는 가장 좋아하는 취미가 직업이 되었을 때, 나는 이 일을 질리지 않고 평생 할 수 있을 거라고 확신했다.

그러나 쓰는 일을 계속하기 위해서 내게는 SNS가 꼭 필요하다. 신간을 홍보하고, 나라는 사람이 존재한다는 것을 알리기 위해서, 원고료로는 감당 안 되는 수입을 메우기 위해서 필요하다. 나뿐만 아니라 다른 젊은 작가들이 SNS를 열심히 하는 모습을 볼 때마다 저들도 비슷한 생각을 하지 않을까 하고 망상한다. 저들도 저들의 인터뷰를 공유하면서 머쓱하겠지, 출판사로부터 신간을 홍보하라는 요청을 받았나 보군, 저 작가도 결국 광고를 하고야 마는구나. 내향적이라던데, 그도 자신의 이야기를 불특정 다수가 넘치는 온라인 세상에 꺼내는 게 부담스럽겠지 같은 망상이다. 저들의 책도 100만 부가 팔려 평생 인스타그램은 거들떠보지도 않게 된다면 좋으련만. 인스타그램을 운영하는 것이 버겁게 느껴질 때마다 '쓰는 행위'를 생각한다. 이것을 해야 앞으로도 쭉 사랑하는 일을 하며 살아갈 수 있다고 상기하는 것이다.

종종 방송과 모델 일도 한다. 방송이야 대부분 여행지에 관해 소개하는 거라 온몸의 외향성을 끌어내면 그래도 괜찮은 결과가 나오지만(실제보다 훨씬 주접을 떨어야 그나마 화면에서 적당히 말하는 것처럼 나오는 게 나를 힘들게 한다), 온몸의 기가 사라져 한참을 앓아눕는다. 모델 일은 더 어렵다. 휴대폰, 청소기, 씹는 껌 CF(온라인용)와 버스 정류장에 붙는 노트북 광고를 한 적 있다. 찍는 사람도 난처하고, 나도 난처하다. 그들은 내게 말한다. "제발 인스타그램 피드에서처럼 웃어주세요." 늘 미안한 마음으로 촬영장에 나온다. 그래도 '이렇게나마 저를 홍보하고 알려야 제가 좋아하는 일을 할 수 있으니 한 번만 봐주세요. 좋아하는 일을 하기 위해서 저를 계속 팔아야 하거든요.' 이렇게 매번 마음으로 사정한다.

여전히 나는 잘하는 것과 못하는 것, 좋아하는 것과 좋아하지 않는 것 사이에서 열심히 줄타기를 한다. 10년간 한 분야에 발 담그면 전문가가 된다던데 여전히 어떤 부분은 능숙해지지 않는 사람도 있다. 원하는 영화를 찍기 위해서 막노동도 서슴지 않는다는 친구 A처럼 나도 좋아하는 일을 하기 위해서 다른 모든 일 역시 씩씩하게 해나갈 힘을 더 기르고 싶어서 최근에는 일당 7만 원을 받으며 막걸리 가게에서 아르바이트했다. 다시 일이 없어지는 상황이 오더라도 능숙하게 대처하고 싶었다.

주말이 끝나면 온몸이 결렸다. 나이 든 손님들의 궂은 농담을 받아치고, 손이 부르틀 때까지 설거지하며, 온갖 음식물을 치우면서도 여행작가와 겸업하기로는 딱 적당한 일이라고 느꼈다. 낮에는 쓰고 싶은 글을 쓰고, 밤에는 일하면 되니까, 즐겁지 않은 일일지언정 정말로 할 만했다. 하고 싶지 않은 일을 하는 건 별 게 아니었다. 좋아하는 일을 하니 이 정도쯤이라고 생각한다. 가끔은 내가 스스로를 파는 세일즈맨이라고 생각한다. 말해주지 않으면 모르고, 열심히 발로 뛰어야 1명이라도 더 봐줄 수 있으니. 자존심이 상하는 일도 이제는 웃으며 감내한다. 먼 미래의 나를 위해서. 언젠가 내 이름 석 자만으로 내가 쓴 글들이 더 많이 읽히길 바라고, 여행으로 길어낸 소중한 마음이 세상에 더 긍정적으로 흩뿌려지기를 바라기 때문이다. 그날이 오기까지 좋아하는 일을 하기 위해 그렇지 않은 일도 지속할 것이다.

✦

무엇 하나 꾸준히 하지 못하던 내가 한 분야에서 이
토록 오래 버텼다. 질릴 수 없게 다양한 일을 번갈아 가
며 한 덕일 수도, 낭만주의자인 내게 아직 이만큼 낭만
적인 일이 없어서일 수도 있다. 이 길을 선택한 것을 후
회한 적은 많지만, 지난 10년간 만족스럽게 살았다. 돌
이켜보니 아이돌도, 대통령도 부럽지 않았다. 출퇴근 없
는 삶(그래서 주말에도 출근하는 삶), 늘 여행지의 낭만 속
에 있는 삶(그래서 여행지에서도 노트북을 열어야 하는 삶),
세상의 수많은 아름다운 곳을 여행하고 고료를 받는 삶
(새벽녘부터 일어나 하루에 8곳을 가보고 이를 원고지 8,000
자로 쓰는 삶), 사람들에게 꿈과 희망을 전하는 삶. 여행N
잡러는 이토록 장단점이 명확하고, 괄호 안의 단점을 전

부 다 무시해도 좋을 만큼 강력한 행복을 느낄 수 있는 일이다. 이제 여행과 여행으로 엮인 N잡은 나와 떼려야 뗄 수 없게 되었다.

올해 서른을 맞았다. 다가오는 2학기에 다시 대학에 다니려 한다. 내가 쓴 '서른의 대학생'이란 글에서 스물 다섯의 나는 실패의 표본이 되겠다며 학교를 관뒀다. 서른이 되면 돌아오겠다면서. 지금의 난 생각한다. '용케도 실패하지 않았군.' 실패를 두려워하지 않던 내가 대견하면서도, 한편 실패했어도 괜찮았을 거라고 생각한다. 무언가에 최선을 다해 도전해 봤다는 것 자체가 인생에 큰 자양분이 되었을 테니까. 20대의 안시내는 멋있었다고. 원하는 걸 다 이루진 못했어도, 열정적으로 도전한 사람이었다고, 그래서 후회 없다고 생각한다.

여전히 미래에 내가 무엇이 되어 있을지 모르겠다. 여행N잡러로 살아갈지 혹은 다른 직업적 변화를 겪을지 정해진 것도 분명한 것도 없다. 다만, 여전히 도전하는 게 좋고, 무엇이든 새로 시작할 용기가 있다. 내게 분명한 나의 의지를 동아줄 삼아 꼬옥 붙들고, 분명하지 않은 길을 향해 나아갈 것이다.